이야기를 만드는 기계

이야기를 만드는 기계

김진송 깎고 쓰다

ㄴㄴ 〉 〈 ㄷㄴ

들어가며

    누구나 이야기를 꿈꾼다. 일상적인 이야기에서 기발한 상상이 드러나는 이야기까지. 상상의 벌레들이 이리저리 기어다니며 남긴 자국은 하나로 이어져 이야기를 만들어낸다. 상상을 하는 사람들은 누구나 허구의 나뭇잎을 쏟아대는 이야기꾼이다. 누군가의 이야기는 다른 누군가에게 들려지기를 꿈꾼다. 누구는 말을 하고 누구는 글을 쓰며 누구는 그림을 그리고 누구는 노래를 한다. 그러나 누군가의 이야기가 항상 다른 누군가의 이야기가 되는 것은 아니다. 다른 누군가의 생각과 상상과 경험 속으로 들어가지 않으면 이야기는 전해지지 않는다. 같은 이야기면서 다른 이야기일 수밖에 없는 세계에 우리는 머물러 있다. 그것은 언어가 다르기 때문이 아니다. 생각과 경험과 상상의 폭이 서로 다른 까닭이다. 나의 이야기가 너의 이야기가 될 때 벌어지는 생각과 상상의 틈은 무엇으로 메울 수 있을까? 나의 글과 너의 이미지가 만나면 소통되지 않는 답답함은 무엇으로 채울 수 있을까?

    이야기를 만드는 것은 시간이다. 우리의 삶이 그렇듯이, 움직이는 모든 것은 시간에 빚지고 있다. 이야기의 구조란 시간의 흐름에 맞물려 있는 기계장치와 같은 것이다. 톱니바퀴가 맞물리며 돌아가는 이야기는 시간이 흐르지 않으면 움직이지 않으며 어떤 기능도 수행할 수 없고 구조 자체도 성립하지 않는다.

    그러나 이야기는 실체가 없다. 이야기는 시간이나 공간 속에 붙들어 맬 수 없는, 이야기일 뿐이다. 이야기일 뿐인 이야기를 이미지로 만든다고 해서 달라질 것은 없다. 나무를 깎고 쇠를 녹이고 물감을 발라 그려낸 모든 이야기는 다시 이야기로 돌아갈 수밖에 없다. 이야기의 서사성이 이미지의 서사성으로 바뀐다 해도, 시간을 뒤죽박죽 흔들어놓아도 이야기는 다시 재빨리 물길을 트고 새로운 이야기로 흘러간다. 이제 그게 이야기라는 것을 조금은 안다. 시간의 톱니바퀴를 굴려 상상의 공간에 잠시 머물 수 있을 뿐이라는 것을⋯⋯

'책벌레 이야기'를 만든 지 십 년이 지났지만 나의 이야기는 아직 제자리에 머물러 있다. 때로는 이야기가 저절로 구르고 움직여 이미지가 만들어지기를 꿈꾸기도 하고 어느 때는 이미지로 만들어진 이야기를 꿈꾸지만, 나의 이야기는 다른 누군가에게 다다르는 데 여전히 애를 먹는다.

『이야기를 만드는 기계』는 얼마 전에 나온 『상상목공소』의 그림책 판본이라 할 수 있다. 글로 가득한 책이 미처 말하지 못한 이야기가 이미지로 가득한 책으로는 말해질 수 있을까? 난감한 질문을 선뜻 받아준 김민정씨에게 고마움을 드린다.

2012년 11월
김진송

『이야기를 만드는 기계』는 두번째로 열리는 〈나무로 깎은 책벌레 이야기〉전을 즈음해서 만든 책이다.

여기에 실린 글의 일부는 『상상목공소』와 『나무로 깎은 책벌레 이야기』, 『인간과 사물의 기원』에서 가져왔다.

contents

이야기를
만드는 기계
이야기

이야기의 시간을 이미지의 시간으로 바꾸는 일,
그게 '이야기를 만드는 기계'를 만드는 일이다.
반복적이고 단순한 동작이라도 거기에는 미세한
시간들이 옴짝달싹도 못하도록 달라붙어 있다.
시간이 없다면 움직임은 사라지고 시간이 없다면
이야기는 흐르지 않는다. 도대체 시간이 없어진
세상을 상상할 수 있을까? 이야기가 흐르지 않는
세상은 살아 있는 세계가 아니다.
이야기가 길건 짧건 서사의 구조가 복잡하건
단순하건 이를 물리적으로 실현하는 일은
이야기하는 것과 비슷하다. 말을 엮어 이야기를
만드는 것과 톱니바퀴를 물려 기계를 만드는 것은
부분 혹은 부품들을 논리적인 절차와 구조를 통해
하나의 전체를 이루어내는 동일한 과정을 거치는
것처럼 보인다. 그러나 '이야기를 만드는 기계'가
아무리 복잡해져도 이야기는 늘 한계를 드러낸다.
이야기는 나무토막이나 톱니바퀴에 얽혀 있는
구조와 작동의 논리적인 치밀함에서 비롯되는 것이
아니기 때문이다.
어떤 경우에라도 기계장치들이 스스로 이야기를
만들어낼 수는 없다. 그건 분명하다. 이야기를
엮어내고 그걸 풀어내는 기계장치란 결국 간단한
서사를 물리적 장치를 통해 시간의 순서대로
나열하는 것에 불과할 뿐이다.
이야기를 만드는 건 사람이다. 기계가 아니다.

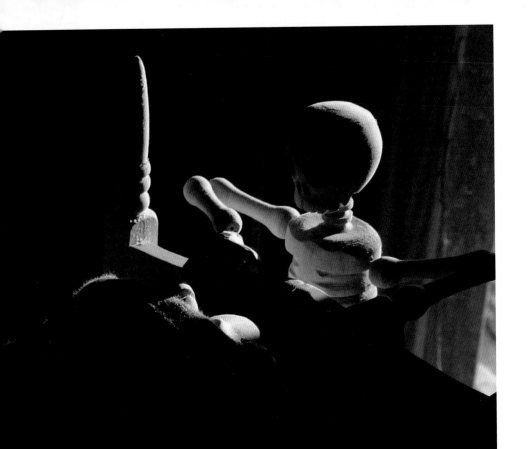

침대 속에 들어간 아이가 갑자기 벌떡 일어난다. 무슨 소리를 들었기 때문이다. 삐걱거리는 소리, 휘파람 소리 아니면 풀벌레 소리, 빗소리가 들리고 무언가 흔들리는 소리가 들린다. 사방을 둘러보지만 아무것도 없다. 다시 이불을 덮고 잠에 들려는 순간, 뱀은 구멍 뚫린 방바닥에서 기어나와 슬금슬금 아이의 이불 속으로 기어들어간다. 머리맡에는 해골이 숨어 있다. 아이가 잠들기를 기다려 해골은 머리를 들이민다. 방 한구석에서는 의자가 흔들리고 한쪽에서는 나비가 날갯짓을 하기 시작한다. 나비는 금방 해골로 변해 머리맡을 기어오르고 있다. 깜짝 놀란 아이는 다시 일어나 앉아 사방을 둘러보지만 방 안은 고요하기만 하다. 아이는 악몽을 꾸고 있다. 의자와 뱀과 해골이 밤새 괴롭히는 꿈.

악몽

밤새 악몽에 시달린 아이는 화가 나 일어나 앉았습니다. 그러곤 뱀과 해골과 의자에게 소리쳤습니다.

"숨지 말고 나와서 말해줘! 너희가 무서운 이유를……"

마침내 뱀이 슬며시 모습을 보이고 해골은 침대 뒤에서 숨겨진 몸을 드러냈습니다.

뱀이 구멍 속에서 슬금슬금 기어나오며 말했습니다.

"나는 무서웠던 적이 한 번도 없었어. 네가 징그러워했을 뿐."

해골이 턱을 딸깍거리며 말했습니다.

"내가 두려운 이유는, 네가 살아 있기 때문이야."

의자가 몸을 흔들며 다가왔습니다.

"나는 그저 덜그럭거렸을 뿐인데."

아이와 뱀과 해골과 의자는 밤새 토론을 벌였습니다.

뱀은 자신은 결코 단 한 번도 징그러웠던 적이 없었노라고 고집을 피웠고, 해골은 움직이는 죽음이 두렵다면 살아 있는 잠은 어찌 두렵지 않을 수 있는가, 하고 되물었으며, 아이는 자신은 잘못한 게 없노라고 말했습니다.

그리고 의자는 여전히 자신은 그저 옆에서 구경만 하고 있었을 뿐이라고 딱 잡아뗐습니다.

밤마다 그들은 끝나지 않는 토론을 벌여야 했습니다. 아이는 '살아 움직이는' 죽음이 두려움의 원인이라는 걸 알게 되었고, 해골은 아이가 죽음을 두려워하는 것이 당연한 일이라는 걸 받아들였습니다. 뱀과 아이는 서로 다르게 생긴 것이 무서움의 원천이라는 걸 알게 될 것입니다.

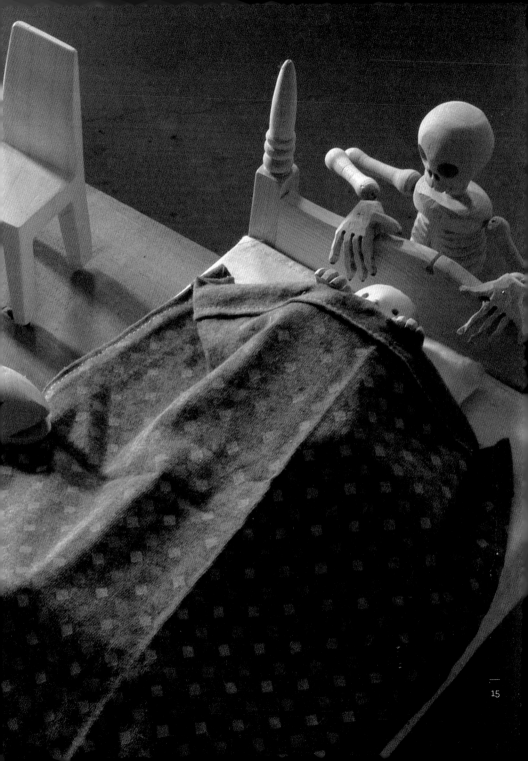

이야기를 만드는 기계는 간단히 윗부분과 아랫부분으로 나뉜다. 상황을 묘사하는
조각 인형이 자리잡은 곳이 윗부분이다. 윗부분의 인형들을 움직이게 하는 장치가
있는 곳이 아랫부분이다. 그건 마치 언어학에서 말하는 기표와 기의처럼 표상의
공간과 의미를 만들어내는 공간의 물리적 실현처럼 보인다. 보이는 부분과
보이지 않는 부분의 형태와 기능은 확연히 다르다. 예를 들면 뱀이 슬금슬금
움직이고, 또 구멍 속으로 들어가기 위한 물리적 구조는 언어의 구조와 동일하다.
'뱀'이라는 말 자체에는 뱀과 비슷한 부분도 없지만 우리는 '뱀'이라는 소리를
듣는 순간 '뱀'을 떠올린다. 마찬가지로 뱀의 움직임을 만들어내는 구조는
전혀 뱀과 비슷하지 않지만 구조가 작동하는 순간 뱀이 움직이는 것을 보게
된다. 말하자면 모든 움직이는 인형의 위아래 구조는 언어가 작동하는 방식과
비슷해야만 한다.

술 마시는 노인

노인이 있었습니다.

그리고 노인만큼 늙은 개가 있었죠.

아침 산책을 나섰지요. 개가 뒤따릅니다. 누런 개.

노인이 함께 가자고 부른 것도 아니고

목에 쇠줄을 매 끌고 나선 것도 아닙니다.

뚝방길을 천천히 돌아 노인은 낡고 작은 주막에 들어섭니다.

술을 마십니다. 아침부터 하루종일.

개는 식탁 저편에 앉아 있습니다.

노인은 개에게 눈길 한 번 주지 않습니다. 그저 혼자서 술을 따르고 마실 뿐이지요.

술 마시는 노인이 지루할 리 없습니다.

개 역시 지루하다는 사실을 알지 못합니다. 그저 가끔,

고개를 쳐들고 일어나 혹시 노인이 자리를 털고 일어나지 않는지를 살필 뿐입니다.

노인은 술을 마시다 취해 술잔을 내려놓자마자 고개를 푹, 탁자에 떨굽니다.

개는 머리를 들고 일어나 노인을 바라봅니다.

집에 갈 채비를 하려는 것이지요.

하지만 노인은 고개를 들고 다시 일어나 술잔을 기울입니다.

저러다 죽을 거야.

개가 그런 생각을 안 한 건 아니지만

그저 그럴 뿐입니다.

노인의 심정을 알아주는 건 자신밖에 없다는 걸

늙은 개는 알고 있습니다.

그러니 어쩌겠습니까.

노인이 술을 마시는 동안 개는 그저

하염없이 지키고 있을 뿐입니다. 그렇게 하루종일.

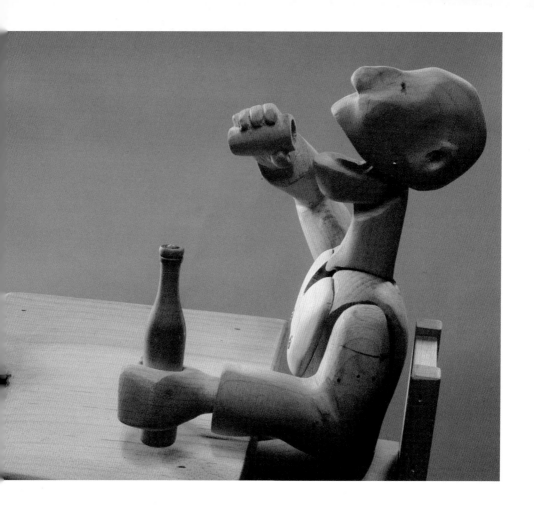

술을 따른다. 잔을 들어올리는 순간 입을 벌리고 술잔을 입에 댄 다음 잔을
내린다. 잠깐 쉬고. 잔을 들어올리고, 입을 벌리고, 술잔을 털어넣고, 잔을 내리는
순간들은 분리된 그러나 연결된 일련의 동작이다. 순간은 무한히 분리될 수
있다. 누군가의 시간을 얇게 저며낸 순간들을 모아 하나의 동작으로 재조립하는
일은 주어진 시간만큼 살아야 하는 누군가의 삶을 재구성하는 일이다. 삶을
재구성한다고? 갑자기 운명의 신이 어깨 위에 내려앉은 것처럼 힘겨워지기
시작한다.

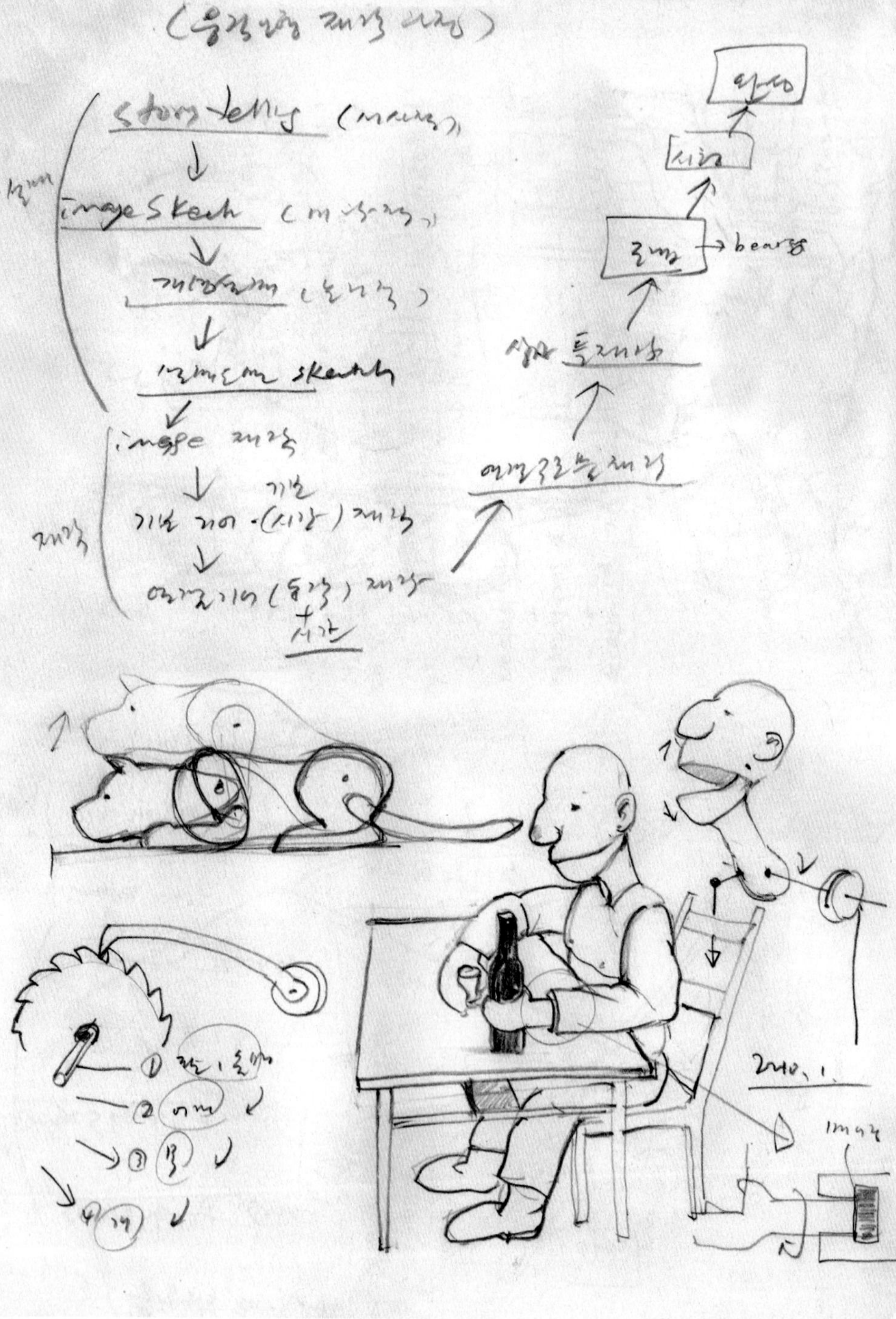
story telling
image sketch
image 제작
bearing
2010. 1.
image

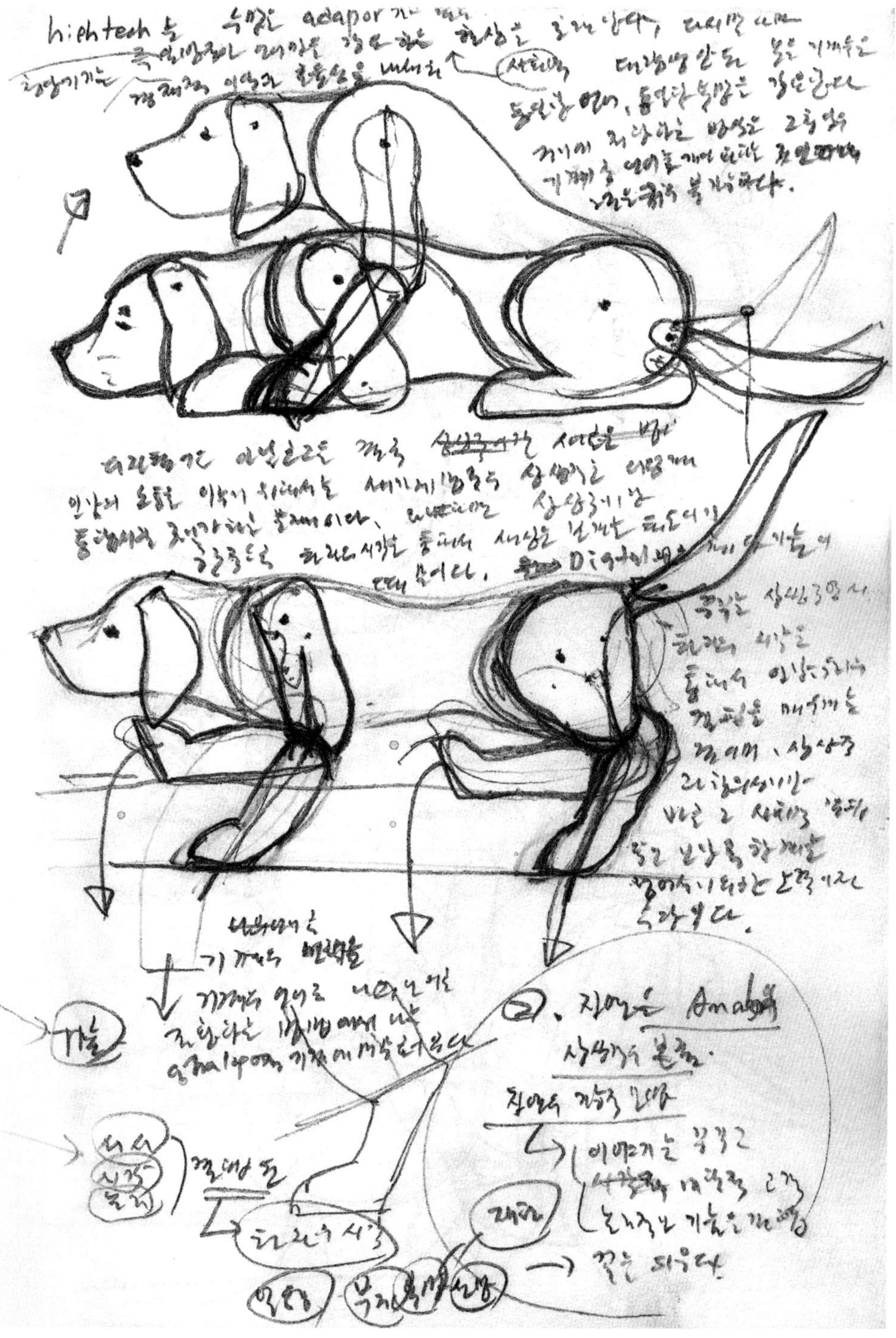

세상의 모든 물질들은 이야기를 위해 존재한다. 아니 이야기를 만들어낸다. 사람들이 끊임없이 지어내는 수많은 이야기들은 종이 위에 새긴 글씨건 크레용으로 그린 그림이건 컴퓨터 속에 깜빡이는 빛이건 그 어딘가에 달라붙어 있다. 하지만 모든 이야기들이 그런 건 아니다. 더 많은 이야기들은 공기중에 흩어져 사라지고 만다. 그 이야기들은 때가 되면 다시 그 어디엔가 달라붙어 살아 있는 이야기로 되돌아올 것이다. 그러니 어디엔가 부유하고 있는 생각의 입자를 잡아내고 싶다면 우리는 글을 쓰든 그림을 그리든 아니면 이야기를 만드는 기계를 작동시키든 해야 할 것이다.

책의 바다에 빠져들다

여기 책이 하나 있어.

아마 펼쳐진 책이라면 더 좋을 거야.

그 안에는 수많은 이야기가 담겨 있지.

책의 바다,

거기에 뛰어든다는 것은

새로운 세계에 발을 담그는 것이지.

아이가 책을 바라보고 서 있어.

두 팔을 벌리고 풍덩

책의 바다로 들어가려고……

그때 책이 아이를 향해 다가왔지.

어서 들어오라고.

아이는 용기를 내어 바다로 뛰어들었지.

책은 아이를 가볍게 받아주었어.

그리고 서서히 아이를 품에 안고

바닷속으로 잠겼지.

아이가 바다를 빠져나올 때

책은 더이상 아이를 품지 않아도 되었어.

아이는 이제

당당히 혼자 일어설 수 있었거든.

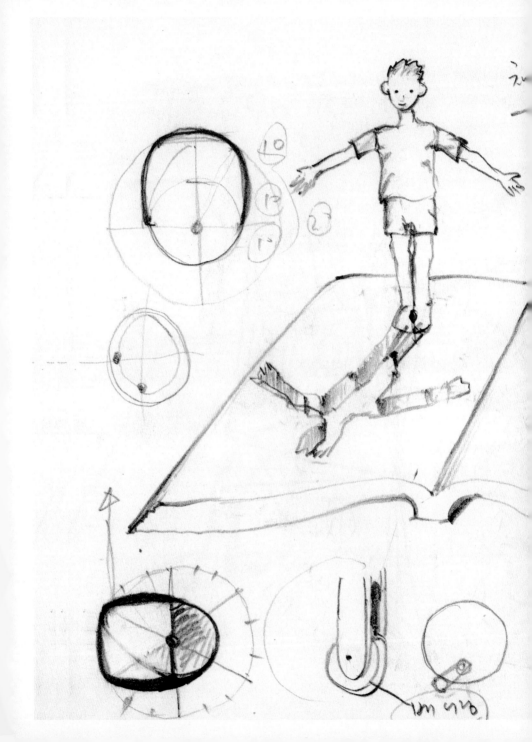

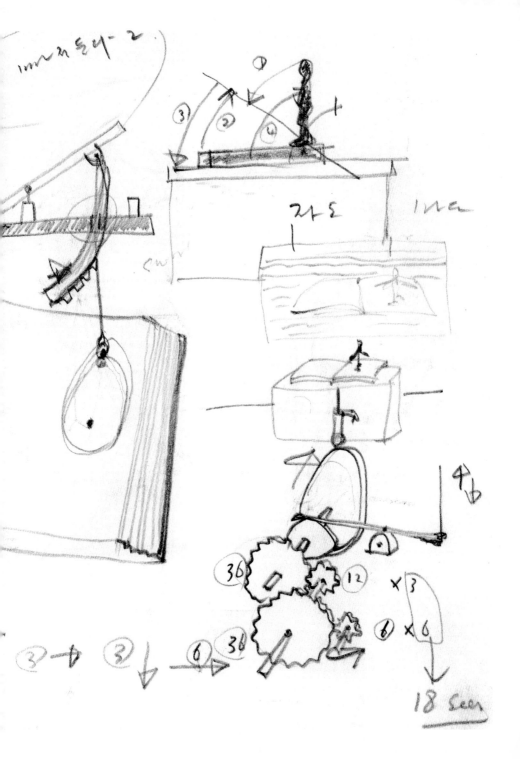

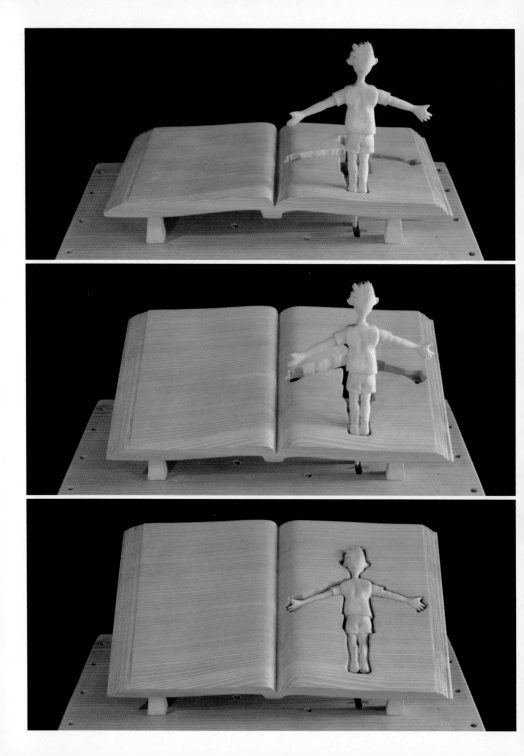

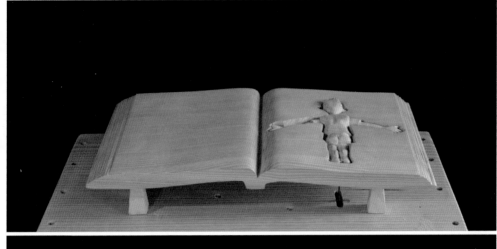

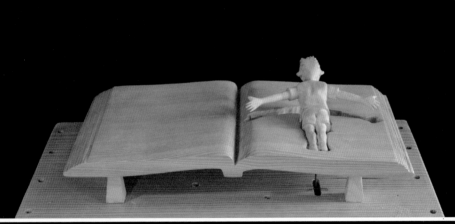

책과 책벌레

어둡고 침침한 서재의 오래된 서안 위에
그보다 더 오래고 낡은 책이 있었습니다.
책은 여기저기 얼룩이 지고
귀퉁이는 해져
글씨마저 희미해져버렸습니다.
누군가의 손길을 느껴본 게 언제인지
기억이 나지도 않습니다.
그렇게 책은 점점 낡아갔습니다.
그러던 어느 날,
책 한 귀퉁이에 조그맣게 구멍이 뚫리더니,
점점 커지기 시작했습니다.
그러고는 벌레 한 마리가 나타났습니다.
책벌레였습니다.
책벌레는 여기저기 돌아다니며 구멍을 내기 시작했습니다.
책은 점점 만신창이가 되어갔습니다.
책은 더이상 잃을 것도 없었지만,
자신에게 남아 있는 글자 하나를 떠올렸습니다.
그리고 책벌레가 나타나자
있는 힘껏 소리를 질렀습니다.
"가!"
책벌레는 깜짝 놀라 도망쳤습니다.
그 뒤로도 책벌레는 끊임없이 책을 갉아댔고
그때마다 책은 소리를 질렀습니다.
아무 소용없는 일이라는 걸 모르지도 않았고

그렇게 찾아온 책벌레가 싫었던 것도 아니지만
책은 매번 책벌레를 그렇게 쫓아냈습니다.
그건 책의 마지막 자존심이었습니다.
그 뒤로 책이 어떻게 되었는지 아는 사람은 아무도 없었습니다.

현실을 작동시키는 원리를 뒤집지 않으면 상상의 공간이 열리지 않는다. 현실
속에서 적용되는 원칙, 가치관, 법칙 등등이 적용되지 않는다는 말이기도 하다.
현실의 물리적 공간에서 작동되는 물리학적인 법칙이나 원리들조차 상상의
세계 속에서는 쉽게 무너진다. 상상의 공간에서 적용되는 또다른 원리나 엉뚱한
법칙들은 비현실적인 공상이 아니라 현실의 물리적 한계를 보다 정확하게
바라보거나 의심해볼 수 있는 빌미를 제공한다. 누구나 일상의 영역과 일탈의
영역을 들락거리듯이 누구나 현실과 상상을 들락거리며 살아간다. 인간이 벌레와
다른 게 있다면 바로 그것일지도 모른다.

꽃을 만들다

세상에는 많은 꽃이 있습니다.

꽃이라고 모두 비슷하지는 않지요.
가까이 들여다보아야 겨우 모습을 보여주는
아주 작은 꽃들도 있고,
멀리서도 자신을 드러내지 못해 안달하는
화려하고 되바라진 꽃들도 있습니다.

꽃이 피는 모양도 제각각입니다.
여럿이 한데 뭉쳐서 피거나
오종종 모여서 차례로 피거나
고고한 척 혼자 피는 꽃들도 있습니다.

생김도 모두 다르죠.
투명하고 고운 꽃들도 있고
노랗고 윤기나는 꽃잎도 있지만
복잡하기도 하고
야하기도 하고
털이 잔뜩 달리기도 하고
그냥 털 같기도 하고
꽃인데 꽃이 아닌 척하기도 하고,
꽃도 아니면서 꽃인 척하기도 하고.

그뿐인가요.

우주선처럼 생기거나
벌레로 만든 칫솔을 닮거나
십자가에 매달리거나
철봉을 하는 꽃들도 있고
춤을 추기도 하고
다이빙을 하기도 하며
뭘 달라고 입을 벌리거나
여차하면 한판 붙자고 대들 것 같은 녀석도 있죠.

꽃은 어떻게 피는 걸까요?
아무리 들여다보고
꽃잎을 따서 해부해보아도
도무지 알 수가 없죠. 그러다
토끼풀 속에는 토끼가 있고
금낭화에는 자라도 있고……
자라뿐인가요. 우주인도 거기에 살고 있다는 걸 알게 됩니다.
꽃을 따 뒤집어 좌우를 벌리면
우주인이 유영하는 걸 볼 수 있습니다.
밭가에 사는 주름잎꽃 속에는
정말 예쁜 커플링이 숨어 있죠.

그나저나
어떤 꽃들은 돌돌 말려 있다 피기도 하고
어떤 꽃은 공처럼 부풀었다가 빵하고 터지기도 하니
도대체,
어떤 꽃을 만들어야 할까요?

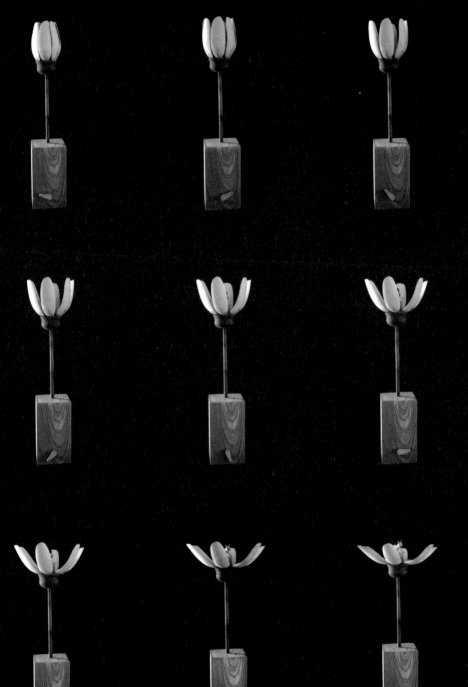

책잠에 빠진 아이

나른한 오후
창가에서 아이가 졸고 있습니다.
꾸벅꾸벅.
아이는 책잠에 빠져듭니다.
쏟아지는 잠을 추슬러보려 하지만
머리는 한없이 아래로 향합니다.
꾸벅꾸벅.
산다는 것은 어쩌면
중력을 버텨내는 일,
그게 전부인지도 모르겠습니다.

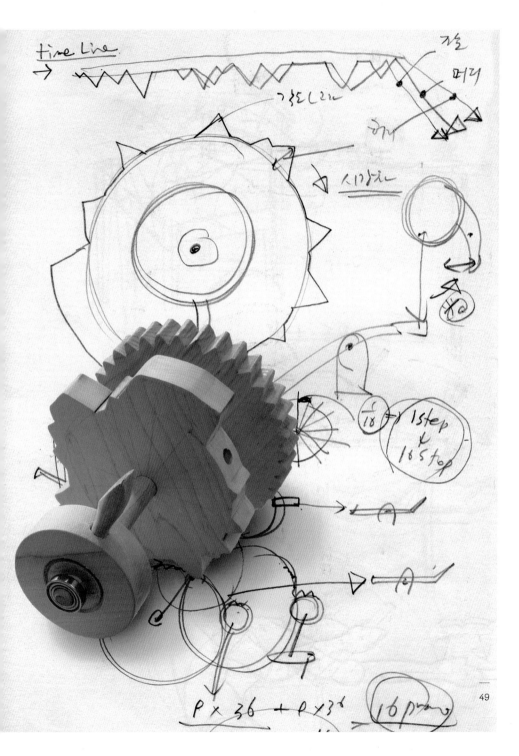

time line
→

가슬

머리

귿ㄹㄷ니그

어녀

시기도니

↓ 1step
↓
105top

$\frac{c}{18}$

$P \times 36 + P \times 3^c$

16 p

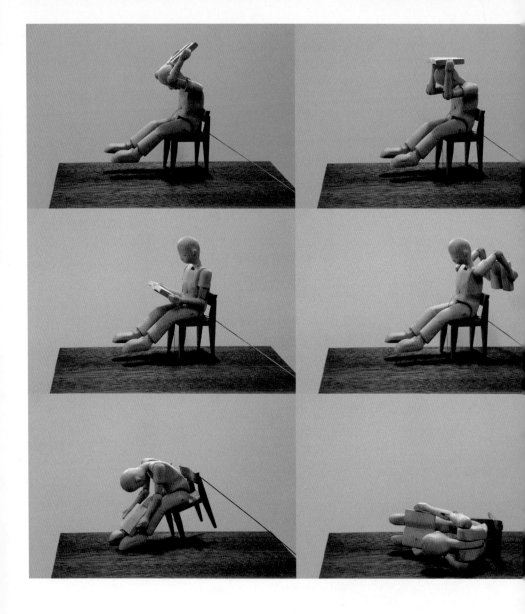

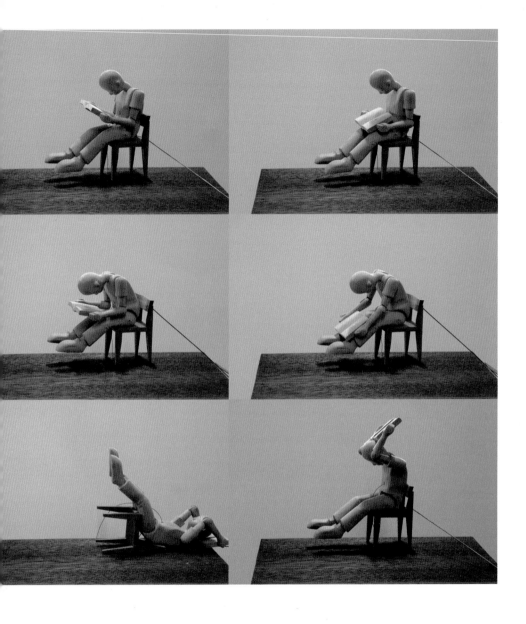

상상 속의 벌레는 늘 벌레의 실체와 가장 먼 곳에 있다. 말하자면 우리에게
벌레란 여전히 혐오스러운 실체에 불과하고 관념 속에서만 친근한 존재이다.
벌레는 우리에게 상징이거나 은유이거나 아니면 치졸한 수준의 비유였을 뿐이다.
상징은 늘 적절하게 통제된 수준에서 벌레를 그럴 듯한 존재로 바꿔놓는다.
그 놀라운 이중성! 그게 벌레를 바라보는 우리의 실상이다. 나를 비롯한 우리에게
존재하는 가장 먼 타자, 그것이 바로 벌레이다.

거미 등에 올라타기

벌레를 몹시 싫어하는 여인이 있었습니다.

세상의 벌레들. 날개 달린 놈, 털 달린 놈, 다리가 많은 놈, 피부가 미끈한 놈, 눈이 번쩍이는 놈, 입이 뾰족한 놈, 배에 구멍이 뚫린 놈, 성기가 삐죽이 나와 있는 놈, 검은 놈, 흰 놈, 누런 놈, 빨간 놈……

세상엔 벌레들이 끝도 없이 많았습니다. 그녀가 있을 곳은 아무 데도 없었습니다. 그녀는 들판은커녕 바닷가의 모래밭도 거닐 수 없었고, 상의 둔치로 산책을 나갈 수도 없었고, 하루살이가 날고 있는 아파트 공원의 공기조차 들이쉬지 못했습니다.

그녀가 있을 곳은 집뿐이었습니다. 반짝반짝 윤이 나는 가구, 닦고 쓸어 먼지 하나 없는 마루, 하얗게 표백된 시트가 덮인 침대가 있는 방. 불만은 없었죠. 완벽한 세계였으니까요.

어쩌다 겹겹이 쳐놓은 방충망에 날벌레 한 마리가 달라붙기라도 하면 그날은 모든 게 엉망이었습니다. 살충제는 달그락 소리가 날 때까지 뿜어졌고 모든 방충망은 일제히 검사를 받아야 했으며 창가의 마룻바닥이며 커튼까지 샅샅이 조사되었습니다.
"벌레들이 난 싫어."
그녀가 적대감을 표현하는 유일한 말이었습니다. 벌레를 미워하는 것 말고 그녀는 누구에게나 사랑스러운 여인이었습니다. 집밖에서 그녀를 보았던 사람은 아무도 없었지만 말입니다.

어느 날 그녀가 발견한 것은 마룻바닥을 기어가고 있는 한 마리 거미였습니다. 거미가 어떻게 그곳까지 들어올 수 있었는지는 알 수 없었습니다. 불가사의한 일이었죠. 길고 검은 다리, 흉측한 털, 깊고 새카만 여러 개의 눈, 동그랗게 부풀어오른 몸통. 그녀는 기절하고 말았습니다.

거미가 그녀의 몸을 기어오르기 시작합니다. 하얗고 긴 팔, 보송보송한 솜털, 매끄럽고 부드러운 살갗, 금방이라도 터질 것 같은 가슴, 거미는 기절할 것 같았습니다.

그녀가 깨어났을 때는 이미 거미가 사라지고 난 뒤였습니다. 그녀는 하루종일 거미를 찾아 온 집 안을 구석구석 쑤시고 다녔습니다. 간혹 등짝이 근지러울 때는 그대로 목욕탕으로 달려가 샤워기를 틀어댔습니다. 욕실 바닥을 살피고 수챗구멍을 뒤집어도 거미는 나오지 않았습니다.

그녀가 거미를 다시 발견한 것은 한참이 지난 뒤였습니다. 거미는 천연덕스럽게 침대 위에 올라가 있었죠. 북슬북슬한 털들이 거미의 온몸을 뒤덮었고 검고 긴 다리는 허공을 향해 허우적대고 있었습니다. 부풀어오른 몸통은 굼실대며 금방이라도 터져버릴 것 같았습니다. 막 방문을 들어서다 거미를 본 그녀는 부엌으로 달려갔습니다. 돌아왔을 때 그녀의 손에는 커다란 뜰채와 고기 굽는 그릴 그리고 식칼이 쥐어져 있었습니다. 하지만 거미는 다시 사라지고 난 뒤였죠.

그녀는 그날부터 거미를 기다리기 시작했습니다.
하루, 이틀, 사흘, 한 달, 두 달, 세 달.
그녀는 꼬박 일 년을 기다렸습니다.

마침내 거미가 다시 나타났을 때, 그녀는 거미의 등에 올라타 마구 공격을 하기 시작했습니다. 등짝이며 다리며 머리며 사정없이 찔러댔습니다. 결국 그녀가 지쳐 쓰러지며 그대로 거미 등에 엎드려 말했습니다.
"보고 싶었어."
거미가 이미 죽고 난 뒤였습니다.

비밀의 집

그 집은 텅 빈 언덕에 있었습니다.

아무도 그 집에 가본 적이 없었죠. 그것은 생각 속에 있는 집이
었기 때문입니다.

아무도 그 집에서 일어난 일을 알 수 없었지만 그 집에서는 매
일 끔찍한 일이 일어나고 있었죠. 아니 사건은 아니었습니다. 사
람들이 생각해낸 일들이 끊임없이 만들어지고 있었을 뿐입니다.

이야기는 지하실 깊숙한 곳에서 만들어졌고 지상으로 올라와
그 집 안에서 사건으로 벌어졌습니다.

그 집에서 일어난 일을 말하는 것은 불가능했습니다. 왜냐하
면, 사람들의 상상은 제멋대로인 데다가 생각보다 훨씬 끔찍했으
니까요.

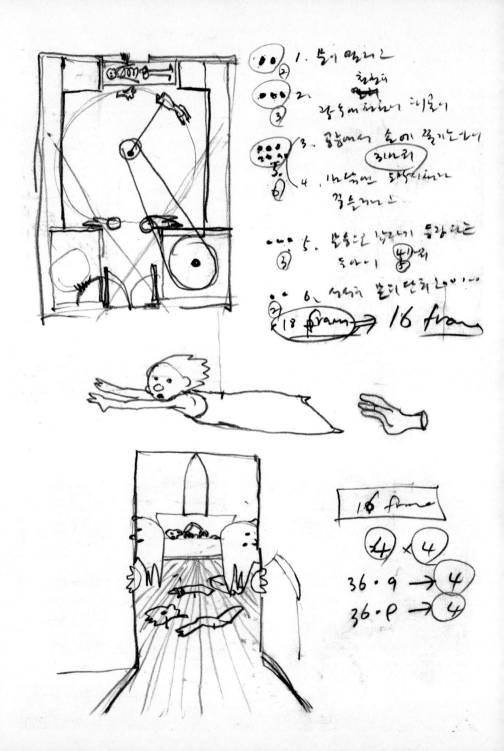

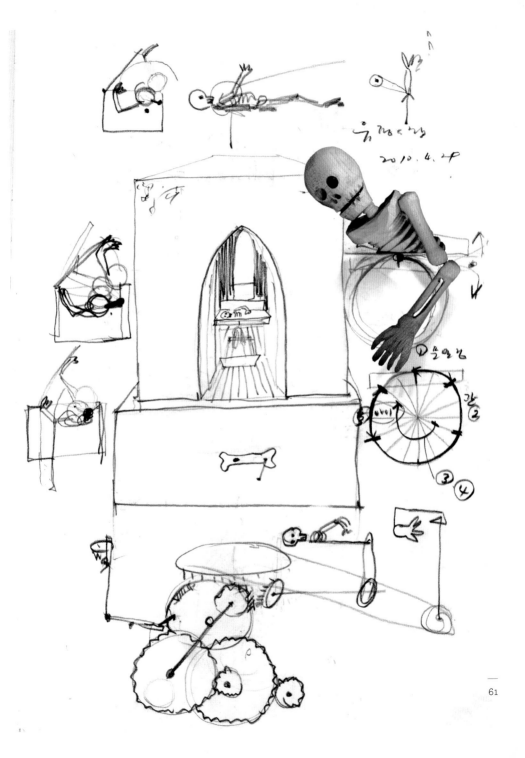

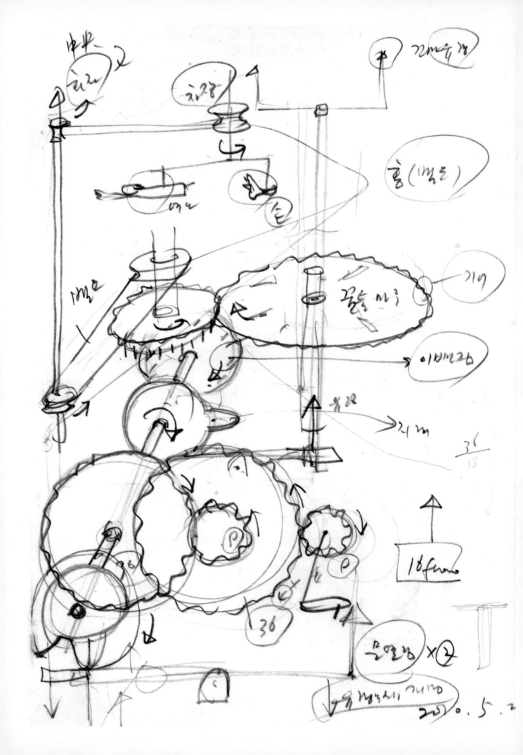

그 집의 문이 열리면 누구나 생각한 것 이상의 일들을 상상하곤 했습니다. 바로 그 생각이 비밀의 집에서 실제로 일어나는 사건이었습니다.

아! 지금 무슨 생각을 하고 계신가요?
당신이 상상한 사건이 이미 벌어지고 말았습니다.
혹시 이런 일을 상상한 게 아닌가요?

십 년 전 어느 날, 사정은 모르겠지만, 그 집에서 부부싸움이 벌어졌는데, 남편은 아내에게 폭력을 휘둘렀고, 그날 밤 아내는 남편을 살해하고 말았습니다. 우리는 잘 몰랐지만 남편은 아내에게 늘 폭력을 휘둘렀는데 어쩌면 그게 아내에게 다른 남자가 있었기 때문이라는 말도 들리고…… 어쨌든 끔찍한 일이 일어나고야 말았습니다. 남편을 토막살해한 아내는 도망을 갔고 벽장 속에 숨어 있던 두 아이들이 이걸 다 보고야 말았습니다. 그 뒤로 그 집에서 일어나는 그 일은 바로 그날 밤 일어났던 일이 매일 밤 되풀이되는 거라고……

이런 이야기를 상상한 게 아닌가요?

비밀의 집에서 일어난 사건은 매번 달라졌습니다.
아니 사건은 아닙니다. 눈에 보이는 사건은 매번 똑같았지만 사건을 둘러싼 이야기들은 언제나 달라졌지요. 말하자면 그 집은 끔찍한 사건을 상상하는 사람들에게만 끔찍한 장면을 연출했습니다.

바로 당신이 지금 그랬던 것처럼 말입니다.

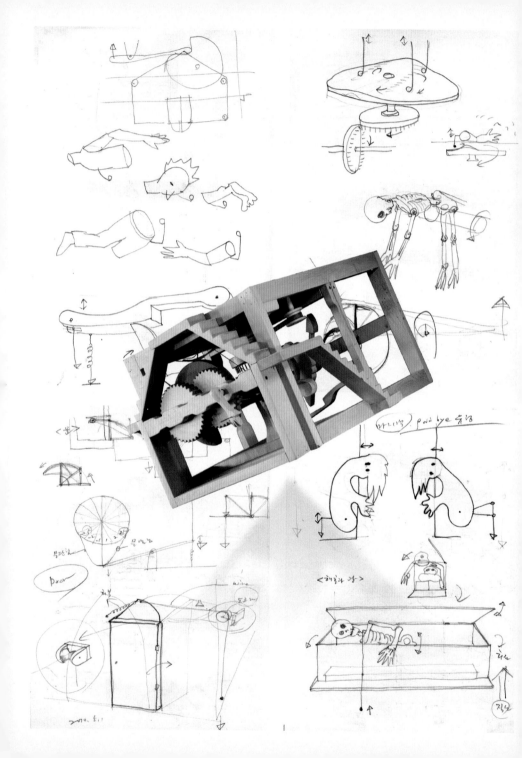

이미지의 틈을 비집고 비밀스럽고 은밀하게 새어나오는 이야기들로 가득한 장치, 그런 게 가능하다면 얼마나 좋을까? 마치 숲속에서 우연히 발견한 오래된 폐가처럼 미지의 이미지들로 가득 차 그 안에 있는 어떤 것이든 들추어내기만 하면 수많은 이야기를 들려주는 그런 집을 만들 수는 없는 것일까?

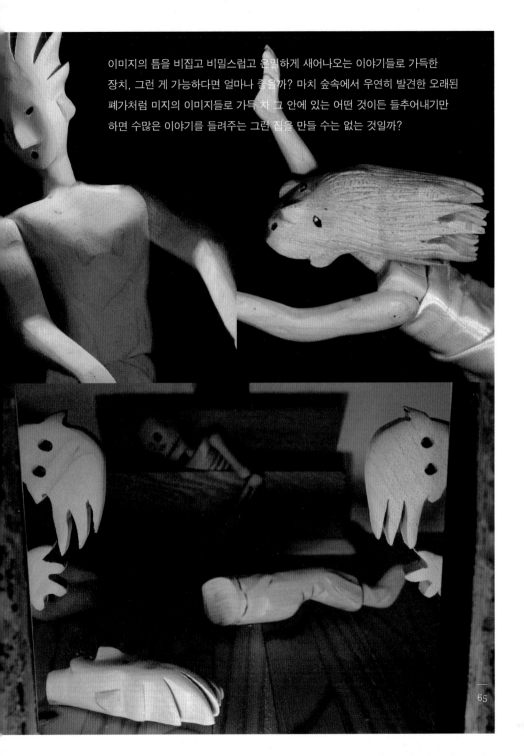

폭주족

달립니다.
씽씽 달립니다.
어디로 가는지
왜 달리는지
알 필요도 없습니다.
그냥 달립니다.

다가오는 세상이 잠시도 머물지 못하게
달리고 또 달립니다.

온몸이 속도에 붙잡혀
꼼짝할 수 없을 때까지
바람이 와서 잔뜩 박힐 때까지
죽도록 달립니다.

손끝에서 발끝까지
머리끝에서 엉덩이 끝까지
바람이 온통 온몸을 뚫고 지나갈 수 있도록
달리고 또 달립니다.

멈춰버린 세상에서
더이상 나를 찾지 마십시오.
스쳐지나가는 세상에서
나를 찾을 수 없습니다.

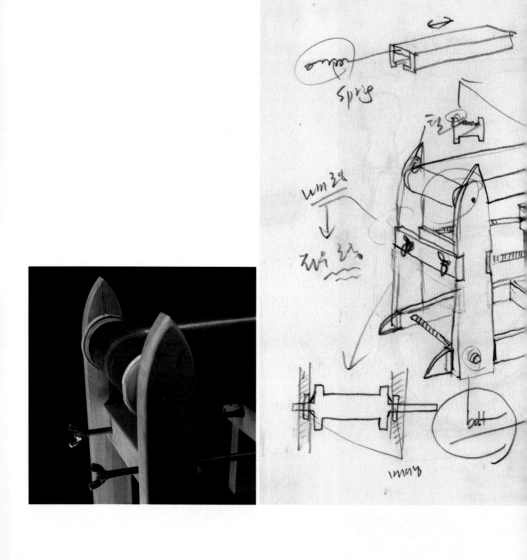

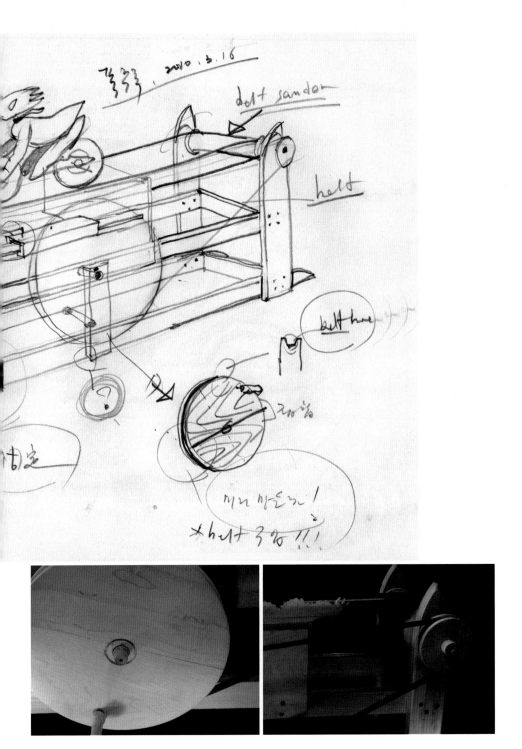

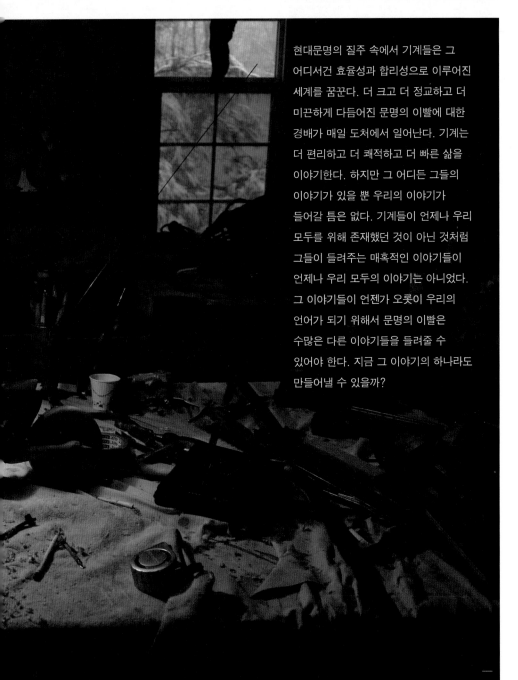

현대문명의 질주 속에서 기계들은 그
어디서건 효율성과 합리성으로 이루어진
세계를 꿈꾼다. 더 크고 더 정교하고 더
미끈하게 다듬어진 문명의 이빨에 대한
경배가 매일 도처에서 일어난다. 기계는
더 편리하고 더 쾌적하고 더 빠른 삶을
이야기한다. 하지만 그 어디든 그들의
이야기가 있을 뿐 우리의 이야기가
들어갈 틈은 없다. 기계들이 언제나 우리
모두를 위해 존재했던 것이 아닌 것처럼
그들이 들려주는 매혹적인 이야기들이
언제나 우리 모두의 이야기는 아니었다.
그 이야기들이 언젠가 오롯이 우리의
언어가 되기 위해서 문명의 이빨은
수많은 다른 이야기들을 들려줄 수
있어야 한다. 지금 그 이야기의 하나라도
만들어낼 수 있을까?

지구에서 살아남기

태초에 우주가 어떻게 생겨났는지 알 수 없지만,

하늘에 수많은 별이 떠 있고 거기에 작은 지구별이 있다는 건 틀림없는 사실입니다.

작은 별 지구에 수많은 생명들이 살고 있고 또 인간이 살고 있지만,

지구에서 사는 게 힘겹지 않은 존재는 없습니다.

그들은 사랑을 하고, 씨를 퍼뜨리고, 서로 죽고 죽이며, 지구에서 버티고 있죠.

그게 다인 것처럼 말입니다.

하지만 지구가 시속 1,667킬로미터로 돌고 있다는 걸 안다면,

어느 누구도 그렇게 고개를 쳐들고 다닐 수는 없을 것입니다.

어느 순간 무지막지하게 돌고 있는 지구에서 떨어져나갈지 그건 알 수 없는 일이지요.

신의 손이 조금이라도 빨라지기라도 한다면 모두 지구에서 떨어져나갈걸요.

이제부터라도 납작 엎드려 무엇이든 붙들고 다녀야 할 겁니다.

지구에서 살아남는 게 그리 만만한 일이 아니라는 걸 잊지 마십시오.

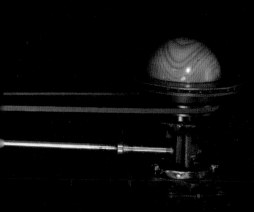

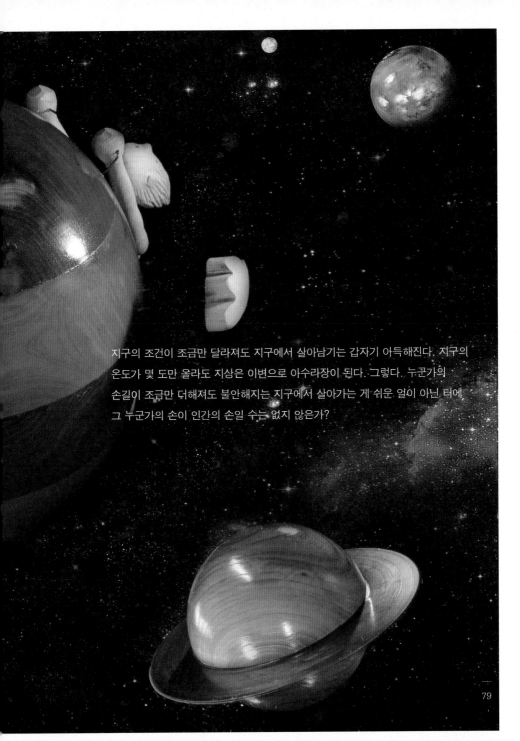

지구의 조건이 조금만 달라져도 지구에서 살아남기는 갑자기 아득해진다. 지구의
온도가 몇 도만 올라도 지상은 이변으로 아수라장이 된다. 그렇다. 누군가의
손길이 조금만 더해져도 불안해지는 지구에서 살아가는 게 쉬운 일이 아닌 터에
그 누군가의 손이 인간의 손일 수는 없지 않은가?

허무하게 사라진 그녀

아주 옛날 그녀를 만난 적이 있습니다. 그녀를, 말하자면, 사랑했다고 말할 수 있겠지요. 그런 게 사랑이라면 말입니다. 그녀를 볼 때마다 덜컥, 나무가 부서지는 소리가 내 몸속 어디에선가 들려왔습니다. 눈을 감고 그녀를 생각하면 돌쩌귀에서 나는 끼익하는 소리가 들려왔죠. 그녀는 한 번도 나에게 눈길을 준 적이 없었습니다. 그저 멀리서 그녀가 보이면 우당탕 뚝딱하다가 빠직하는 파열음만 들려줄 뿐이었습니다. 그러다 그녀는 사라져버렸습니다. 어느 날 처음이자 마지막으로 지나가듯 스치는 눈길 한 번 주고는 안녕, 그러면서 사라져버렸습니다. 그녀가 사라진 이유를 알 수는 없었지요. 그녀는 내 속에서 일어나는 소리에 지레 놀라 도망가버렸는지 모르겠습니다. 그게 아니라면 도무지 그녀가 그렇게 사라져버린 이유를 찾을 수 없었지요. 나는 그녀가 사라지기 전까지 다시는 볼 수 없으리라는 생각을 한 번도 하지 않았습니다.

그녀가 사라지고 난 뒤에 내 안에서는 더 많은 소리가 들렸습니다. 그녀를 생각할 때면 몸 안 어딘가에서 삐걱이는 소리가 들려왔습니다. 그때마다 나는 그녀가 나에게 남기고 간 소리를 찾아 귀를 기울였습니다. 내 안 어디엔가 풀이 듬성듬성 난 빈 들판이 있었고 그곳은 바람 소리 하나 들리지 않았습니다. 황량한 벌판의 한가운데에 이르면 좁고 긴 사각형의 돌판 하나를 볼 수 있었습니다. 그 위에는 검은색으로 칠해진 나무관이 놓여 있습니다. 그 안에 사라진 그녀가 있음이 틀림없습니다. 그녀가 끝내 나에게 눈길 한 번 주지 않았던 기억은 그녀를 하얀 해골로 만들어버렸습니다. 그녀는 사라졌지만 내 안에 그렇게 남아 있습니다.

그녀를 생각할 때마다 그녀는 관을 열고 나와 수줍은 듯 미소를

지어주었습니다. 뚜껑이 열리고 돌판에 부딪히는 요란한 소리를
내면서 말입니다.

하지만 그녀는 여전히 아름다웠고,
이렇게 말해도 된다면,
여전히 사랑스러웠습니다.

페트롤리우무스의 전설

"천지가 창조될 무렵, 우리가 알고 있는 하느님과 암흑의 신 페트롤리우무스 간의 한판 싸움이 일어났다. 물론 신의 승리. 죽은 암흑의 신은 석 달 열흘 검은 피를 쏟았다. 끈적끈적하고 참을 수 없는 악취가 풍기는 피는 모든 대지 위에 흘러넘쳤고 마침내 땅속으로 사라졌다. 악마와 싸우느라 지쳐버린 하느님은 흙을 한 줌 퍼 자신과 비슷한 형상을 만들고 생명의 숨을 불어넣어 인간을 만들어놓고는 어디론가 사라졌다. 신의 보살핌을 받지 못한 벌거벗은 인간의 처참하고 고독한 생존의 투쟁이 시작되었으니 그게 인간의 역사가 되었다.

인간은 그로부터도 매우 오랜 세월이 흐른 뒤에야 가까스로 자신들의 문명을 만들어냈다. 문명이 시작되자 인간들은 그 어느 시절보다 분주해졌다. 상업과 교역이 활발했으며 부자의 삶은 풍요로워지고 가난뱅이의 삶은 더욱더 비참해졌다. 연이어 새로운 문명이 도래했으니 도시에 사람들이 몰려들고 매일같이 어마어마한 건물들이 들어섰으며 집채만한 기계들이 만들어져 쉴 새 없이 물건들을 쏟아냈다. 물건을 팔기 위한 다툼이 일어났고 그럴 때마다 도시는 번창했다.

어느 날, 땅속 깊은 곳으로 흘러들었던 페트롤리우무스의 검은 피가 지상으로 스며나왔다. 처음 악마의 피가 고인 늪을 멋모르고 갔던 동물들은 발을 담그기가 무섭게 끈적끈적한 늪 속으로 빨려들어갔다. 사람 역시 마찬가지였다. 악마의 늪에 대한 소문은 연금술사이자 암흑의 신을 신봉하던 자에게 흘러들어갔다. 그는 검은 피가 틀림없이 마법을 일으키는 신비의 물일 것이라 확신했

다. 그러나 검은 늪은 불에 타 사라져버렸다. 연금술사는 악마의 피를 찾아 길을 떠났다.

수십 년이 흐른 뒤, 그는 마침내 반달 모양의 마른 계곡에서 검은 늪을 찾아냈다. 늪을 지키고 있던 마을 사람들에게 주문을 외워 마을에 퍼진 악귀를 몰아내고 약초로 마을 사람들의 병을 치료하고 사랑의 묘약을 만들어 젊은이들의 욕망을 채워준 연금술사. 마침내 그는 엄청난 양의 검은 피를 얻어 고향으로 돌아올 수 있었다. 고향으로 돌아온 연금술사는 제단을 짓고 검은 피를 정화하는 의식을 벌이기 시작했다. 마법의 약재를 넣은 검은 피가 끓기 시작했고 푸른 연기가 솟아올랐다. 악마의 영혼이 향긋한 냄새를 풍기며 퍼졌다. 맨 처음 흘러나온 페트롤리무스 영혼의 적자는 거스올리누스, 두번째 영혼은 케로세노스였다. 그 뒤로도 수십 가지에 이르는 암흑의 신이 부활했다. 모든 정화의식이 끝나고 마지막으로 더럽고 추한 악마의 육질이 그 모습을 드러냈으니 그것이 바로 아스팔티로스였다.

연금술사는 정화된 악마의 피를 사람들에게 나누어주기 시작했다. 아무도 그것이 페트롤리우무스의 피라는 것을 알지 못했다. 그 냄새는 한번 맡아보면 도저히 잊을 수 없는 깊은 향기였고 단한 번이라도 악마의 피로 불을 밝혔던 사람은 도저히 그 유혹을 떨쳐버리지 못했다. 악마의 그림자는 검은 그을음이 되어 세상에 퍼져나갔다.

한편 사람들은 한층 더 바쁜 나날을 보내고 있었다. 해가 다르게 새로운 대륙이 발견되고 그때마다 큰 싸움이 일어났으며 달

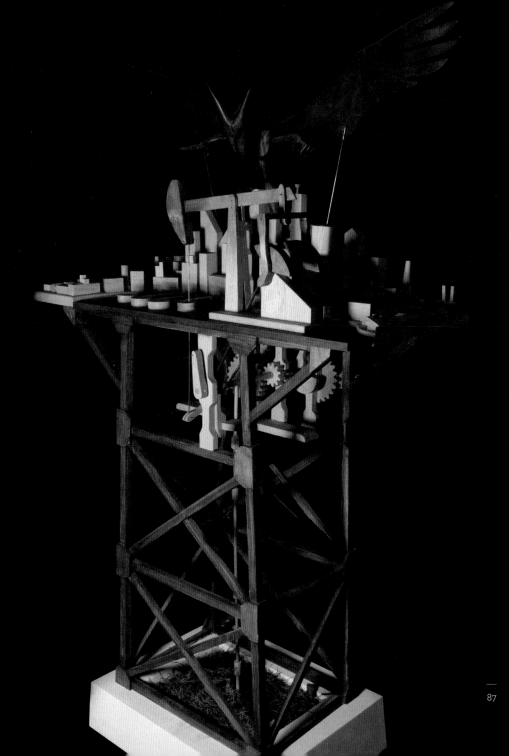

마다 새로운 발명이 이루어지고 날마다 새로운 물건이 쏟아졌다. 수많은 연금술사들은 어느새 과학자와 기술자의 옷으로 갈아입고 새로운 기계와 새로운 물질을 만들어냈다. 엄청난 물건이 쏟아졌고 이를 위해 수많은 기계가 만들어졌다. 하지만 기계를 돌리던 노새는 죽어나갔고 말들도 지쳐 더이상 일을 하지 못했다.

마침내 몇 사람이 새로운 기계를 만들어냈으니 바로 쇠로 만든 심장이었다. 검은 피로 기계를 돌리는 방법을 찾아낸 것이다. 정화된 악마의 피를 넣은 기계심장은 터질 듯이 박동했고 곧이어 거침없이 움직이기 시작했다. 새로운 심장을 단 기계들의 괴력에 놀라고 기계심장을 단 수레의 엄청난 속도에 경탄한 사람들은 악마의 피를 정화한 연금술사와 손을 잡지 않을 수 없었다.

사람들은 앞을 다투어 검은 피를 찾아다녔다. 세상 끝 어디나 검은 늪이 발견되면 달려가 무슨 수를 써서라도 손에 넣었다. 검은 늪을 발견한 사람은 누구라 할 것 없이 큰 부자가 되었다. 한번 세상에 악마의 피가 번지자 모든 것은 걷잡을 수 없이 돌아갔다. 페트롤리우무스의 영혼을 가득 채운 철갑수레는 세상 끝에서 끝까지 가지 않는 곳이 없었고 수레가 가는 곳마다 암흑의 영혼이 푸른 연기가 되어 대기를 떠돌았다. 모든 길은 사방으로 뚫렸고 거기에는 아스팔티로스의 몸이 펼쳐졌으며 사람들과 수레가 그 위를 지나갔다. 사람들은 악마의 피를 정화해 모든 것을 만들었다. 집과 가구와 옷, 심지어 식량까지, 모든 것은 거기서 나왔다. 사람들은 검은 피가 그 옛날 자신들을 만들어놓고 사라진 하느님의 선물이라고 굳게 믿었다.

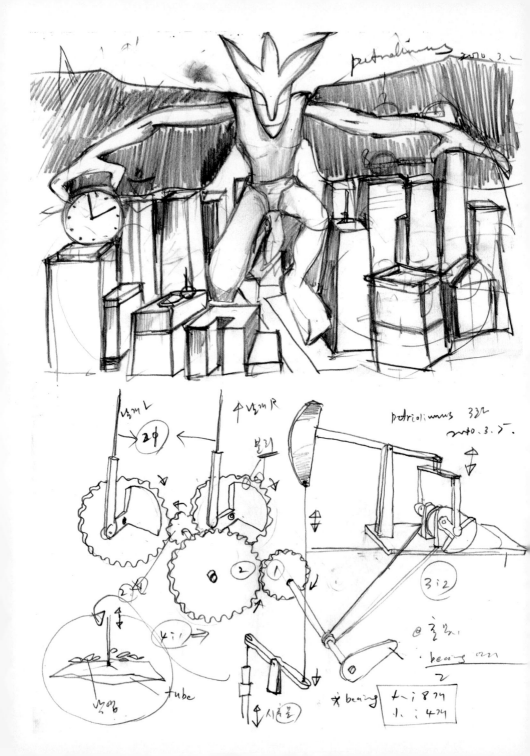

이제 사람들은 악마의 피 없이는 단 하루도 살 수 없었다. 물 한 방울 없는 사막에서 얼음이 덮인 북극까지, 풀이 우거진 밀림에서 깊은 바다에 이르기까지 깊은 대롱을 박아넣고 검은 피를 빨아들였다. 악마의 피를 빼앗기 위한 전쟁이 끊임없이 일어났다.

　악마의 영혼이 대기에 가득하자 땅이 꿈틀거리기 시작했고 하늘이 요동쳤다. 비바람들이 갈 곳을 찾지 못해 이리저리 몰려다녔으며 수만 년 된 얼음들이 녹아내리며 육지를 향해 기어올라오고 바다에서는 끊임없이 해일이 일어나 섬들을 집어삼켰다. 그러나 아무도 그 모든 불행이 악마의 저주에 의해 일어나고 있다는 것을 알지 못했다."

──「암흑의 신 페트롤리우무스의 전설」,『인간과 사물의 기원』

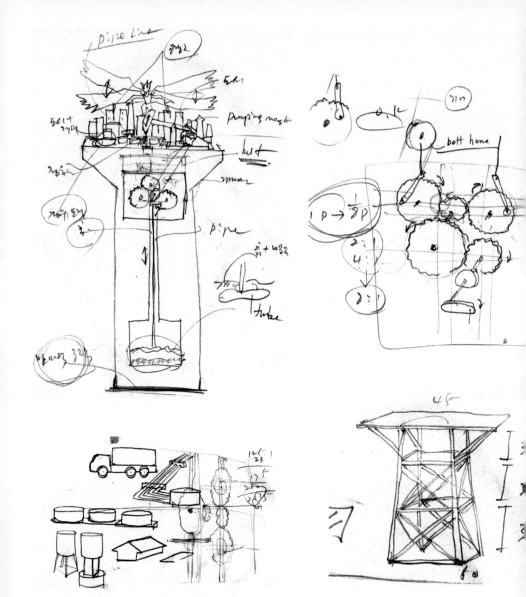

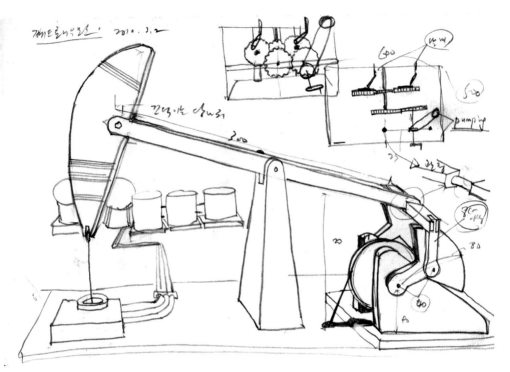

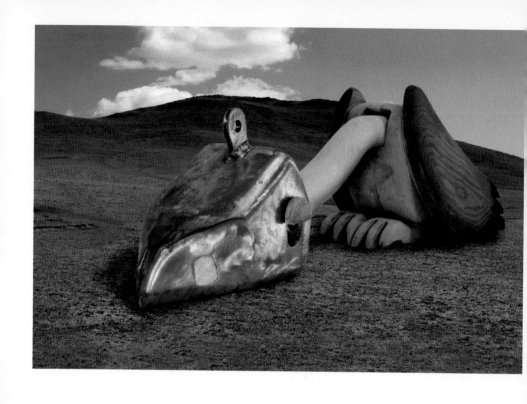

머리가 무거운 새

새를 발견한 곳은 황량한 초원 한가운데였습니다. 어떻게 새가 거기 있게 되었는지, 아니면 살게 되었는지 도무지 알 수 없었죠. 새는 크기가 어마어마했습니다. 집채만했죠. 하지만…… 새는 거의 빈사 상태였습니다.

두 발을 모은 채 웅크리고 앉아, 커다란 눈꺼풀을 꿈벅이면서, 푸른 날개를 축 늘어뜨리고, 가끔 살아 있다는 뜻인지 꼬리만 달싹일 뿐이었습니다. 새를 옮기기로 했습니다.

틀림없이 멸종 위기에 처한 새를 그대로 둘 순 없었죠. 하지만 새는 꿈쩍도 하지 못했습니다. 몸은 새털처럼 가벼워 퍼덕였지만, 머리가 너무 무거웠던 탓입니다. 여럿이 달라붙어 새의 머리를 들어올리려 했지만, 조금 움직거릴 뿐이었죠. 도대체 움직이지도 못할 머리를 달고 다니는 새라니! 날아다니기는 했을까요?

언젠가 이런 새가 있긴 했습니다. 문헌에 의하면, 포클레인 발톱을 쓴 새가 있었습니다.

"어느 날 새 한 마리가 길을 가다가 어마어마한 새를 보았습니다. 그 새는 체구가 크고 위풍당당한 모습에다 울음소리 또한 우렁우렁했습니다. 지나가던 새는 그를 하염없이 바라보고 부러워했습니다. 아마 저건 언젠가 들었던 공룡새일 거야, 라고 생각했습니다. 나중에 그 새가 익룡이 아니라 포클레인 새라는 것을 알게 되었습니다만.

어느 날 그곳을 다시 지나던 새는 포클레인 새의 발치에 떨어져 있는 이상한 물체를 발견했습니다. 그게 큰 새의 발가락에서 떨어져나간 발톱이라고는 생각하지 못했습니다. 지나던 새는 그걸

눈여겨봐두었다가 몰래 얼굴에 뒤집어썼습니다.

포클레인 발톱은 신기하게 그의 얼굴에 꼭 들어맞았습니다. '이젠 나도 포클레인 새가 될 수 있어.'

그가 가면을 쓰고 나타나자 다른 새들은 모두 깜짝 놀라 달아났습니다. "철가면을 쓴 무시무시한 새가 나타났다." 다들 그렇게 소리쳤습니다. '이제야 나의 진면목을 알아보는군.' 철가면 새는 우쭐하지 않을 수 없었습니다.

철가면은 너무 무거워 얼굴을 쳐드는 것조차 힘이 들었습니다. 새들이 없는 틈을 타 철가면을 몰래 벗으려 했지만 좀처럼 벗겨지지 않았습니다. 억지로 벗으려 하면 살점이 떨어져나가는 것같이 아팠죠. 이제 철가면 새는 친구들 곁으로 갈 수도 없었고 더이상 날 수도 없었습니다.

철가면 새는 평생을 그렇게 살다가 쓸쓸히 죽었습니다. 철가면 새의 슬픈 이야기입니다."

그런 어리석은 새가 또 나타날 줄은 몰랐습니다. 그런데 이 새는 철가면 새의 알려지지 않은 후손일까요? 아니면 머리를 지나치게 많이 쓴 탓일까요? 아무튼 연구는 나중에 하기로 하고, 지금은 새를 안전하게 옮기는 것이 더 급한 일입니다.

엄청난 무게를 감당할 장치가 필요할 것 같군요. 집채만한 새를 옮기기 위해서 먼저 머리부터 들어올려야겠지요. 우선 커다란 버팀목을 설치해야 합니다. 그리고 나서 무거운 돌을 들어올리는 장치를 만들어야겠지요. 수원 화성을 쌓을 때 정약용이 만들었다는, 거중기가 필요할지도 모르겠군요.

새를 옮길 준비가 거의 된 것 같습니다. 이제, 단단한 새의 볏에 고리를 연결하기만 하면 되겠군요. 쇠줄을 도르래에 걸고 서서히 바퀴를 움직일 차례입니다. 드디어 새의 머리가 조금씩 움직이기 시작합니다.

도르래를 이용해 새의 머리를 들어올리는 것도 만만치 않군요. 바퀴를 돌리는 데만 20kg의 힘을 들여야 했습니다. 그렇다면 새의 무게는 도대체 얼마란 말입니까? 계산이 안 된다고요? 도르래를 자세히 보아야 합니다. 이 장치에는 하나가 두 개의 이동도르래 역할을 하는 복합도르래 두 개가 쓰였습니다. 고정 도르래는 방향을 바꿀 뿐 힘을 덜어주지는 않습니다.

새는…… 들어올릴 때마다 꼬리를 달싹거리는 걸 보니, 옮겨가는 게 싫진 않은 모양입니다. 제 머리를 감당할 동물이 인간밖에 없다는 걸 알고 있는지도 모르겠습니다. 단, 도르래를 쓰면 도르래 하나에 무게가 절반으로 준다는 사실을 아는 인간들에만 해당됩니다.

새의 머리 무게는 계산하셨나요?
복합도르래 한 개가 일반도르래 두 개와 동일.
복합도르래 두 개가 쓰였으니까,
무게는 1/2 x 1/2 x 1/2 x 1/2 ＝1/16로 줄어들고,
돌리는 힘이 20kg라고 했으니 새머리의 무게는
그 열여섯 배인 320kg!

세상 밖 한 걸음

들리시나요? 저 밖에서 들려오는 소리가. 적의 군사들이 지르는 아우성 소리 말입니다. 그들은 왕의 목을 간절히 원하고 있습니다. 석양이 질 무렵 휘파람을 불며 회랑을 도는 당신의 발자국 소리가 아직도 귓가에 쟁쟁한데, 이제 깊은 숨을 쉬는 당신의 한숨 소리가 들리는군요. 천년의 왕국을 꿈꾸던 당신의 형형한 눈이 빛을 잃어가는 순간까지 나는 당신의 노예였습니다. 당신은 마지막 순간까지도 이 더럽고 지친 몸에게 명령했습니다. 죽을 준비를 하라고요. 그것은 나의 죽음이 아니었다는 걸 금방 깨달을 수 있었죠.

거친 면, 천 쪼가리에 감겨 있는 나의 육신이 장엄한 죽음을 기다릴 수는 없는 일이었지요. 도망가지 못한 시종들은 아직 적의 손에 더럽혀지지 않은 창고의 문을 부숴 재빨리 비단과 황금실을 가져왔습니다. 그들은 죽음의 메아리가 틀림없는 적의 함성 소리를 들으며 떨리는 손으로 당신에게 푸른 수의를 지어 바쳤습니다. 구관조가 갇힌 새장의 문을 열며 당신은 이렇게 말했습니다. 날이 아직 어두워지지 않았다. 세상의 모든 날이 끝난 건 아니지 않은가. 그때 천둥소리가 났습니다. 화살이 비 오듯 쏟아지던 그곳에 당신은 서 있었습니다. 검은 하늘에서 가는 실오라기들이 수없이 지상으로 떨어지며 푸른 불꽃을 내었습니다. 그리고 당신의 몸속에서 푸른 불꽃 하나가 일어나 가로로 그어지는 걸 저는 분명히 보았습니다. 그 순간부터 영원히 나는 당신의 노예가 되었습니다. 오직 노예의 주인만이 죽음을 선택할 수 있다는 걸 알게 되었기 때문입니다.

창끝이 번득이는 저 성 아래의 풍경을 뒤로 하고 당신은 푸른

휘장을 날리며 하늘을 바라보고 서 있습니다. 성문이 열리고 적들의 세상이 된 후에 비로소 당신은 영원한 죽음으로 나아갔습니다. 비록 적의 손에 지어진 피라미드였지만 무거운 돌관 속에 당신이 사라졌을 때 비로소 당신은 세상의 주인이 되었습니다. 그 장엄한 제단 앞에서 사람들은 당신에게 머리를 조아렸습니다. 천년 왕국은 그렇게 실현되었지요.

　그 후로 오랜 시간이 흐른 뒤에도 어리석고 비루한 당신의 시종은 당신의 죽음의 의미를 알지 못했습니다. 손바닥에 작고 네모난 상자를 들고 당신의 얼굴에 들이대는 무례한 사람들 틈에서 나는 그들의 주머니 속의 비밀을 훔쳐보며 버텨왔습니다. 물론 아주 가끔 살아 있는 목구멍에 풀칠을 하기 위해 필요한 약간의 지폐를 거두어들이는 일도 멈추지 않았습니다. 꼭 그럴 필요가 있었던 건 아니었습니다. 죽음을 경배하는 살아 있는 자들은 언제라도 나에게 자비를 베풀 준비를 하고 있었으니까요. 그들은 깊은 지하실로 몰려가 당신이 잠든 석관 앞에서 푸른빛을 터뜨려댔습니다. 그러곤 썰물처럼 빠져나가 밝은 햇살에 눈을 찌푸리며 당신이 그토록 저주하던 적이 잠든 곳으로 몰려가곤 했습니다. 지긋지긋하게 반복되는 하루가 저물고 땅거미가 슬슬 몰려오고 철문이 닫히고 나면 나는 당신 곁에 누워 잠이 듭니다. 매일의 죽음이 영원한 죽음과 어떻게 다른지 나는 알 수 없습니다. 만일 그걸 알았다면 나는 당신의 노예일 수도 없고 당신이 나의 주인일 수도 없을 것입니다. 언젠가 한 번, 딱 한 번 지금으로부터 천 년 전에 당신이 깨어나 나에게 들려주었던 말을 기억합니다.

들어라!
그날, 비바람이 몰아치고 번개가 내리던 날,
모든 움직임을 멈추고 천 년의 잠 속에 빠져들었을 때,
나는 보고 듣고 말하기를 멈추었다.
두려움과 고통과 기쁨과 번민,
그 모든 것이 깨끗이 사라진 그날.
죽음은 살아 있음의 반대편에 있는 것이 아니라
살아 있는 그 속에 있다는 것을 깨닫는 순간.
죽음은 그대의 기억 속에 자리잡은 아득한 과거가 아니라
죽음을 경배하는 지금 그대에게 있는 것이니,
살아 있는 자들이 죽음을 경배하는 건
죽음을 알지 못하기 때문이다.
산 것을 죽임으로 죽은 자를 찬양하는 어리석은 자들아!
기억하라!

죽음을 위해 또다른 죽음을 준비하는 자는
그대들이 아니라는 것을.

그러나 나는 오늘도 당신에게 희생양을 바칩
니다. 어린 양을 잡아 배를 가르고 심장을 도
려내고 내장을 꺼내 대지 위에 뿌립니다. 계단
을 오르고 제단 위에 양을 올려놓을 때마다 당
신의 영혼이 눈을 뜨기를 기다립니다. 당신에
게 이미 익숙한 죽음을 흔들어 깨울 때마다 삶
은 한 걸음 죽음 곁으로 달려갑니다. 오만한
당신은 삶이 더 잔인한 죽음이라는 걸 알지 못
합니다. 살아 있는 자들이 죽음을 경배하는 건
살아 있음을 저주하는 의식이라는 걸 당신은
영원히 알지 못할 것입니다.

스탬프 찍는 사람

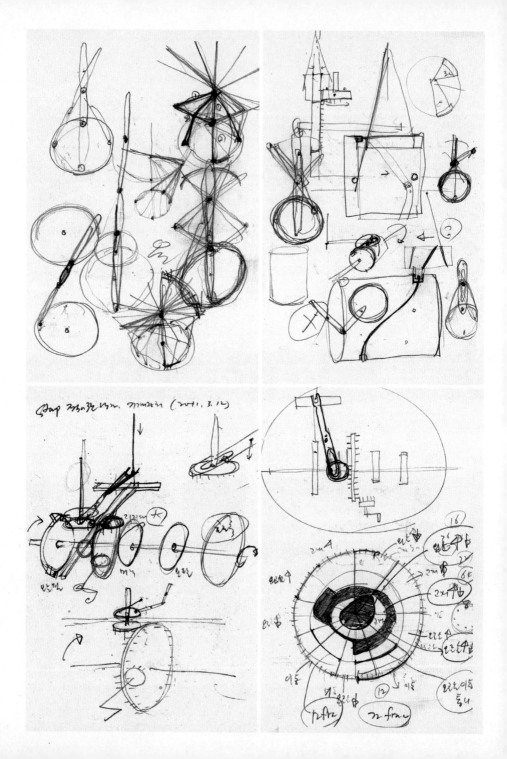

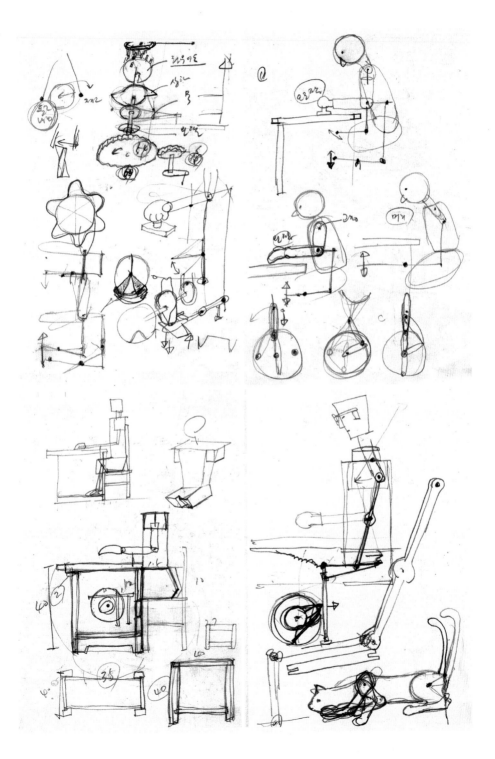

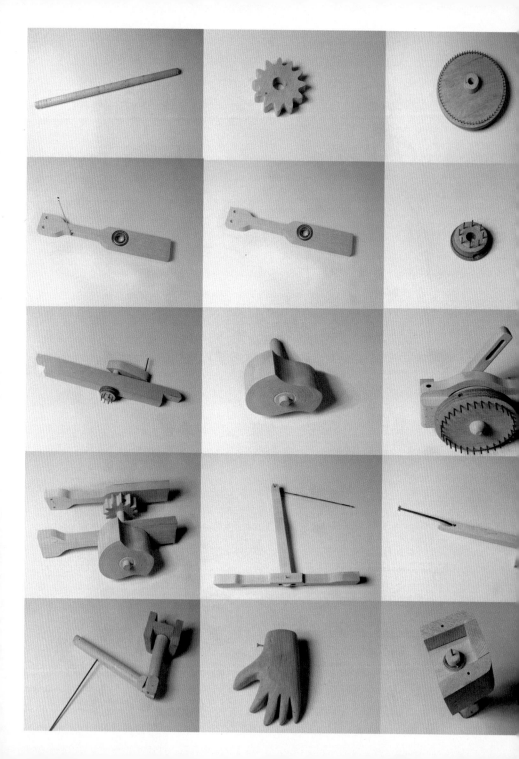

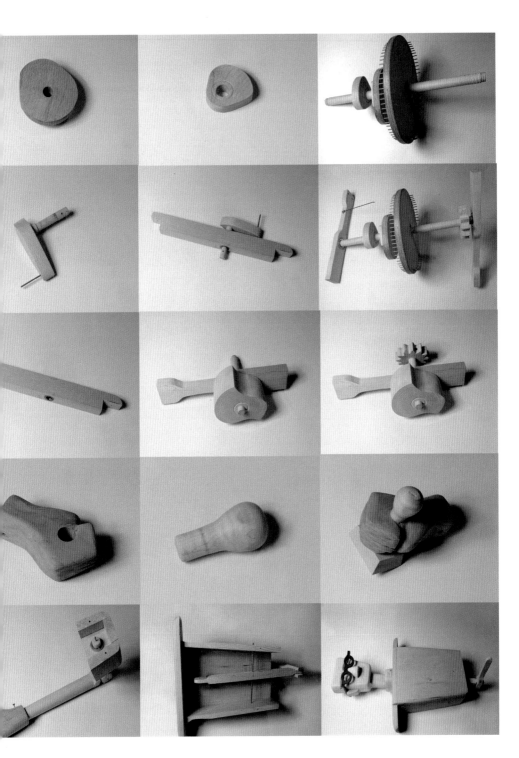

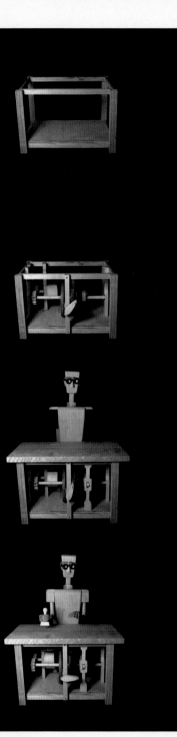

 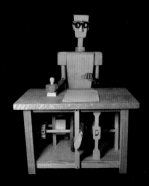

어쩌면 나는 내 기계를 갖고 싶었는지도 모른다. 다른 어떤 쓰임도 가지지 않으며 어떤 보편적인
용도도 없는 기계. 오직 나만이 쓸 수 있는 기계, 내가 말하려는 이야기만 들려주는 기계. 무수한
기계들의 언어가 언젠가 오롯이 나의 언어가 될 수 있을까?
나는 최초의 기계를 만들었던 사람들의 마음으로는 돌아가지 못할 것이다. 그들은 자신의 육체를 닮은
기계가 스스로 움직일 수 있다는 사실을 발견하고 즐거움에 빠질 수 있었지만 나는 그들의 기쁨을
똑같이 나누어 가질 수는 없었다. 어쩌면 불가능하게 된 꿈일지도 모르겠다. 세상에는 이미 힘세고
잘난 기계가 너무나 많았다.

성질 급한 메뚜기 병사들

성질 급한 메뚜기 병사들은 모른다.

그들이 어떤 죽음을 맞게 되는지를……

"그 거대한 달은 언제나 우리 머리 위에
있었습니다. 보름달이 되었을 때는
마치 우리를 짓누른 것 같았지요. 달에
가보았냐고요? 물론입니다. 배를 타고
바로 아래까지 가서 사다리를 걸쳐놓고
올라가면 되었지요."
—— 이탈로 칼비노, 『우주 만화』(Le
Cosmicomiche)

달에 갈 시간

왜 이렇게 안 내려와. 시간 없는데…… 어이! 아직 멀었어? 달에 갈 시간이란 말야!

아래층에서 아저씨가 소리쳤습니다.

뭐! 달에 간다고?

나는 쏜살같이 계단을 내려가 아저씨에게 물었습니다.

정말 달에 가는 거 맞아요?

물론이지 어서 서두르거라.

말도 안 돼요. 달에 어떻게 가요. 배라도 타고 가나요?

바로 그거다. 배를 타고 노를 저어서 달 가까이 가는 거거든. 그리고 사다리를 걸치고 올라가는 거지. 아주 흥미로운 여행이 될 거다.

그때 아줌마가 들어오며 말했습니다.

정말 아이도 데려갈 거예요? 위험하지 않을까요? 얘는 달에 가기에는 너무 어리단 말이에요. 그냥 우리끼리 가요. 사고라도 나면 어쩌려고……

아주머니가 그런 말을 할 줄은 몰랐습니다. 아주머니는 늘 내 편이었거든요. 게다가 아름답고 예쁜 나의…… 사랑.

나도 갈 거예요. 가게 해줘요.

나는 고집을 피웠습니다.

우리는 한동안 논쟁을 벌였지만 결국……

모두 함께 집을 나섰습니다.

드디어 달에 가는 거죠. 우리는 서둘러 길을 걸었습니다. 아저씨는 시간이 없다고 자꾸 재촉했지만 나는 아주머니의 손을 한 번도 놓친 적이 없습니다. 꿈속을 걷는 것 같았죠.

바람이 불 때마다 별들이 쏟아져내리는 길을 우리는 한없이 걸었습니다. 달에 간다는 걸 믿을 수는 없었지만 그건 어때도 좋았지요.

갑자기 아저씨가 소리쳤습니다.

달이다!

정말 달이었습니다. 달은 느닷없이 나타나 머리 위에 걸려 있었습니다. 달이 언제 저렇게 떠 있었는지…… 정말 손에 잡힐 듯합니다.

우리는 한동안 정신없이 달을 바라보았습니다. 달에 다 오기라도 한 듯이 말입니다.

서둘러야겠는걸. 달이 금방 바다에 닿을 것 같아.

우리는 다시 길을 재촉했습니다. 정말 달에 가는 게 맞는가봅니다.

멀리 바다가 보였습니다. 달빛이 일렁이는 바다에 잔잔한 파도가 일고 있었습니다.

아저씨가 말했습니다.

배가 어디 있었는데……

바닷가에는 정말 배가 한 척 있긴 했습니다. 그런데…… 저걸 타고 간단 말이지?

배는 너무 작았습니다.

달은커녕 저기 보이는 가까운 섬에도 닿지
못할 것 같았지요.

근데 사다리는 어디 갔지? 시간 없어 죽겠는
데 도대체 어디 간 거야?

아! 아저씨는 갑자기 생각난 듯이 숲에 들어
가 사다리를 찾아오셨습니다.

어이! 빨리 타라구.

우리는 드디어 배어 올랐습니다. 우리 셋과
거대한 사다리를 태운 작은 배는 달을 향해 서
서히 바다 한가운데로 나아갔습니다. 아저씨는
쉬지 않고 노를 저었습니다.

달에 점점 가까이 다가가자 너울이 심해 달
이고 뭐고 집으로 돌아가고 싶어졌지요. 파도
가 거세져 금방이라도 배가 뒤집힐 것 같았지
요. 바닷속에 파도를 일으키는 거대한 터빈이
무시무시한 속도로 돌고 있는 것 같았습니다.

바다는 다시 고요해지고 우리는 조금씩 더
먼 바다로 나아갔습니다.

그때, 바람이 불면서 아저씨의 모자가……
휙 날아가버렸지요.

앗! 내 모자.

아저씨는 아주머니가 말릴 틈도 없이 바다로
손을 뻗었습니다. 그러다 그만 노를 놓치고 말
았지요. 저런! 내 그럴 줄 알았다니까요. 아저
씨에게는 세상에서 제일 중요한 게 모자입니다.

드디어 달 아래 도착했습니다.

가까이에서 보자 달은 내가 생각했던 것과 달랐습니다. 거대한 나무공 같았죠.

자! 이제 사다리를 올려야지!

우리는 힘을 합해 사다리를 걸쳤습니다.

바로 달에 말입니다.

당신이 먼저 올라가구려. 내가 잡고 있을 테니.

아저씨가 말했습니다.

그러죠. 문제없어요.

아주머니는 씩씩하게 사다리를 타고 올라갔습니다. 달에 한두 번 온 게 아닌가봅니다.

달에 오른 아주머니가 사다리를 꼭 잡았습니다. 그리고 아래를 내려다보며 소리쳤습니다.

아이부터 올려보내요!

드디어 내 차렙니다. 달에 오르다니! 모든 게 꿈만 같았습니다.

달에 오르자 처음엔 서 있는 것도 힘들었지만 금방 익숙해졌습니다. 거꾸로 서면 바다가 손에 닿을 듯 가까웠습니다.

그런데 아직 아저씨가 올라오지 않았습니다.

아저씨가 사다리를 오르기 시작했습니다. 아저씨는 사다리에서 미끄러져, 하마터면 바다에 빠질 뻔했습니다. 그러더니 결국 모자를 또 빠뜨리고 말았습니다.

아주머니가 제발 모자는 포기하세요! 라고 소리쳤지만 아저씨는 모자를 잡으려 했고, 그

바람에 배가 흔들려 아주머니는 사다리를 놓치고 말았습니다.

그놈의 모자!

아주머니가 화를 냈지만 이미 늦었습니다.

아저씨를 태운 배는 점점 달에서 멀어졌고…… 우리는 그저 바라만 볼 수밖에 없었습니다.

곧이어 달이 둥실 떠오르기 시작했습니다. 모자를 쫓아간 아저씨는 찾지도 못하고 하나만 남은 노를 저어 집으로 혼자 돌아가야 했습니다. 그리고 우리는 달에 단 둘만 남게 되었습니다.

무서웠냐고요? 천만에요. 우리는 신나고 황홀한 한 달을 함께 보냈습니다. 물론 집으로 혼자 돌아간 아저씨는 한순간도 생각나지 않았습니다.

아내의 꿈

아내는 도무지 제정신이 아니다. 허구한 날 잠만 퍼질러 자고 그도 모자라 깨어 있어도 비몽사몽이다. 그뿐인가. 온몸이 성한 데가 없다. 여기 부딪히고 저기 부딪히고, 정강이며 팔뚝이며 이마까지 멍투성이다. 멀쩡하게 길을 걷다가 느닷없이 간판을 들이받지 않나 매일 타고 넘는 방문턱에 정강이뼈를 다치지 않나 도무지 옆에서 보기가 불안하다. 그런 것들은 다 아내가 주의력이 산만하거나 운동신경이 발달하지 못한 탓이다. 그렇게 생각했다.

요즈음 아내에게 새로운 증세가 나타났다. 팔뚝이나 허벅지, 가슴과 등에 생긴 붉고 푸른 멍들이 갑자기 나타났다가 며칠 후면 사라졌다. 아내는 도무지 어디서 언제 무엇을 했는지 알 수 없다고 했다. 이상한 일 아닌가? 아내가 수상하지 않은가? 도대체 언제 어디서 무슨 짓을 하고 다니는지. 정말 나도 모르는 아내의 비밀이?

희미한 의심의 눈초리를 보내다가 아내에게 도무지 이해할 수 없는 증세가 하나 더 있다는 것을 새삼스럽게 찾아냈다. 아내의 잠버릇이다. 아내는 잠자는 것을 좋아했다. 눈을 감으면 잠에 쉽게 빠져들었고 한번 잠이 들면 아주 달게 잤다. 심지어 잠자는 것이 이 세상에서 가장 즐거운 행복이라고 말하기도 했다. 누구에게나 행복추구권이 있다면 아내의 행복한 잠을 막을 권리는 나에게 없다. 근데 그게 말이 되는가? 깨어 있는 시간을 위한 잠이 아니라 잠자는 시간을 위한 삶이라는 게 제정신인 사람의 삶인가? 하지만 어쩌랴! 나는 잠에 대한 아내의 집착이 슬프다.

나는 아내가 자는 것이 싫었지만 잠든 아내의 모습은 사랑스럽다. 잠든 아내의 모습이 예쁘기도 했지만 아내가 잠을 자면서 벌이는 짓이 귀엽기 때문이다. 아내는 잠을 자면서 할 짓은 다 한다. 킬킬거리기도 하고 중얼대기도 하고 놀라 소리를 지르다가도 배시시 웃기도 하고 때로는 눈물을 펑펑 쏟기도 한다. 어떨 때는 잠을 자면서 하품을 하거나 기지개를 켜기도 한다. 잠이 들 때와 깰 때가 아니라 깊은 잠을 자면서도 그런다. 아내는 잠자는 동안 꿈을 꾸고 있는 것이 틀림없었다.

아내의 몸에 알 수 없는 상흔들이 나타났을 때, 필경 나는 그게 아내의 꿈속에서 벌어지는 일들과 관련이 있을 거라고 생각했다. 아내가 나 몰래 은밀히 무슨 짓을 벌이고 다니는 게 아니라면(나를 무슨 의처증 환자쯤으로 생각지 말아주길 바란다) 남아 있는 유일한 가능성은 그것 밖에 없을 거였다. 나는 정말 아내가 괜찮은지 혹시 꿈속에서라도 누구에게 당하고 있는 것이 아닌지 걱정이 되었을 뿐이다. 만일 아내가 꿈속에서 누군가에게 시달리고 있다면 그리고 아내의 상처가 그 명백한 증거라면, 지금으로서는 도무지 방법을 알 수 없지만, 무슨 조치를 취해야 하지 않겠는가?

그럴 수 있다면 아내의 꿈속에 들어가보고 싶었다. 도대체 무슨 일이 일어나는지, 무슨 짓을 하고 다니는지. 하지만 그게 어디 가능한 일인가? 나는 아내와 달리 꿈조차 자주 꾸지 않는다. 자고 일어나 기억할 수 있는 꿈은 일 년에 서너 번이 채 되지 않는다. 반면에 아내는 꿈을 꾸지 않는 날이 하루도 없다. 매일 아침 눈을 뜨자마자 꿈속의 이야기를 들려주고 싶어했다.

하지만 아내의 어떤 꿈 이야기에도 내가 듣고 싶어한 이야기는 없었다. 말 그대로 말도 안 되는 꿈 이야기일 뿐이다. 그런 아내에게 내가 화를 냈던 것이 한두 번이 아니다. 도대체 비현실적인 꿈나라 이야기로 하루를 시작한다는 것이 나로서는 받아들일 수 없는 일이었다. 그러나 아내는 늘 몽생몽사의 세계 속에 머물러 있는 듯했고 나는 그런 아내를 도무지 이해할 수 없었다.

어느 날 아내와 잠을 잤다. 그냥 잔 건 아니다. 아내와 한 몸이 되어 그대로 아내 위에서 잠이 들었다. 그날은 아내보다 내가 먼저 깊은 잠 속으로 빨려들었고 꿈을 꾸기 시작했다. 꿈속에서 그게 꿈이라는 걸 명확히 아는 때는 모든 걸 분명히 기억하게 한다.

회사에 출근해보니 아내가 거기 있었다. 꿈속에 있는 아내가 내 아내인지 아닌지 구분이 가지 않았다. 아내가 나의 상사였기 때문이다. 게다가 아내의 모습은 조금 달랐다. 얼굴은 별반 다를 게 없이 예뻤지만 자태는 어쩐지 더 품위 있고 우아했다. 당당하고 기품이 있는 모습에 자신감이 넘쳐 보였다. 키도 훨씬 더 컸다. 평소에 입지 않던 흰 블라우스에 화려한 꽃무늬가 박힌 넓은 치마를 입었고 푸른 파스텔 색조의 얇은 끈으로 된 굽 높은 구두를 신었다. 아내는 아니 부장님은 등받이가 높은 의자에 다리를 가볍게 꼬고 앉아 나를 부르고 있었다.

"김과장! 서류 어떻게 됐어요?"

나는 미처 다 꾸미지 못한 결재 서류를 들고 아내를 향해 가다가 그만 책상 모서리에 허리를 부딪치고 의자에 걸려 넘어지고 말

았다. 정강이가 너무 아파 눈물이 나올 뻔했는데 아내는 안쓰럽다는 표정으로 나를 내려다보며 혀를 찼다.

"하루도 그냥 지나가는 날이 없군요. 도대체 정신을 어디에 팔고 다니는 거예요?"

아내는 책망하는 듯했지만 목소리에는 나를 걱정하고 배려하는 부드러움이 실려 있었다. 꿈속에서도 아내가 고마워 눈물이 날 뻔했다. 아내는 길고 고운 손으로 나의 서류 위에 메모지를 올려놓고 글씨를 서내려갔다. '계단으로 올 것!' 나는 단번에 모든 걸 파악했다. 아내와 나는 단순한 직장 상사와 부하 사이는 아니었던 것이다.

　동료들의 눈치를 보며 사무실을 나오다가 문틈에 가볍게 손을 찧었다. 비상계단으로 향하는 문을 닫자 쾅하는 소리가 계단참으로 번져 크게 울렸다. 화들짝 놀라 귀를 막았는데 벽에 기대선 아내가 눈살을 약간 찌푸리며 바라보고 있다. 푸르게 그린 눈썹과 붉게 칠한 아내의 입술이 가볍게 움직였다. 아내는 나의 손을 끌어 그녀의 어깨 위에 올려놓았다. 아내는 나의 입술에 가볍게 키스했다. 나는 잠깐 정신을 잃을 뻔했고 그런 나를 아내는 귀엽다는 듯 내려다보며 웃었다. 그 모습이 눈부시게 아름답다. 내 아내임이 틀림없다.

　"나는 이게 꿈이라는 걸 알아!"

　"맞아요. 당신은 꿈속에 있는 거예요."

　"여기서 이렇게 보는 것도 나쁘지 않은데. 꿈속이지만 당신은 정말 아름다워."

　"그래요? 고마워요."

　"그런데 당신은 좀 달라진 것 같군. 내가 생각했던 당신이 아니야. 평소에도 그렇게 우아하고 품위 있게 하고 다니면 안 될까?"

　"나는 늘 이런데. 아! 당신이 꿈을 꾸고 있다는 것을 잊었군요. 하지만 여기는 나의 현실이에요."

　"도대체 무슨 말을 하는 거야? 당신의 현실이라니?"

　"당신의 현실 속에 있는 나는 내가 꾸는 꿈속에 있는 나예요."

　"그게 말이 돼? 내가 지금 꿈속에 있다는 건 알겠어. 모든 게 비정상적이니까. 그리고 이곳이 꿈이 아닌 당신의 현실이라는 걸 받아들 수는 없지만 이게 모두 나의 꿈속이니까 그렇다고 해. 거기까지는 받아들 수 있어. 그런데 내 현실이 당신의 꿈이라는 것은 받아들일 수 없잖아? 그건 당신의 현실이 아니라 나의 현실이

잖아? 나의 현실이 꿈이라니."

"아, 그런 말은 아니에요. 당신의 현실이 내 꿈이란 게 아니라 내 꿈속에 당신의 현실이 존재한다는 거예요."

"그 말이 그 말이지 뭐?"

"지금 꿈속에 나의 현실이 있다는 걸 받아들인다면 내가 이 현실에서 꾸는 꿈속에 당신의 현실이 존재한다는 것도 받아들여야 하는 것 아닌가요?"

"아아! 도무지 논리적으로 명쾌하게 생각할 수가 없어. 이게 꿈속이라서 그럴 거야. 현실 속에서 내가 이렇게 헷갈려할 리는 없잖아. 나를 잘 알잖아. 내가 그렇게 멍청한 사람도 아니고."

"그럼 내가 지금 그렇게 멍청한 사람으로 보여요? 그리고 지금 당신처럼 당신의 현실에서 내가 꿈속에 있는 것이 아니라면 그렇게 둔감하고 이상하고 때로 당신에게 멍청하다는 이야기를 들었을 것 같아요? 당신이 현실 속에서 바라보는 나는 꿈속에 있는 나라구요. 지금 당신이 나의 현실에 들어와 있지만 당신의 꿈속에 있는 것처럼 말이에요."

"도무지 무슨 말인지 알 수가 없어. 아무튼 좋아, 어차피 꿈일 테니까. 여기서는, 내가 꿈을 꾸고 있는 한 당신의 말을 믿을 수밖에는 없을 것 같군. 그럼 평소에 당신이 그토록 잠에 빠져든 이유가 그거였나?"

"맞아요. 잠이 들어야 나의 현실로 올 수 있거든요. 꿈속에서 나는 너무 힘들었어요. 모든 게 불투명하고 흐릿해 나조차도 무슨 짓을 하고 다니는지 알 수 없었어요."

"미치겠군. 그런데 내게 왜 말해주지 않았어? 당신이 꿈을 꾸고 있는 것이라고 말이야."

"그걸 제대로 말할 수 있었다면 나도 얼마나 좋았을까요. 나는

당신에게 수십 번은 더 설명하려고 했어요. 당신이 못 알아들었을 뿐이죠. 하긴 나라도 알아듣지 못했을 거예요. 나는 꿈속에서는 논리적이지도 못하고 모든 게 너무 불분명해 말도 제대로 하지 못했으니까요."

"지금 나처럼 말이지?"

"아니요. 당신은 그래도 훌륭해요. 적어도 제가 지금 하는 말을 반쯤은 알아듣잖아요?"

"그럼 나는 어떻지? 당신이 그렇다면 나도 그래야 하는 거 아냐? 내가 눈을 뜨고 보는 세상은 꿈이고 내가 잠든 세상이 현실인 거야?"

"역시 당신은 논리적이시군요. 하지만 당신의 논리는 당신의 현실 속에서나 통하는 것일 뿐이죠. 당신의 말은 틀렸어요. 아니 부

분적으로만 맞는 말이죠. 당신의 현실이 꿈속이고 꿈속이 현실이
라면 또 그 반대의 경우도 맞는 말이잖아요. 그러니 그런 단순한
논리로 모든 걸 이해하려 하지 말아요. 그게 당신의 한계니까.”

　“좋아. 나의 경우는 그리고 당신의 경우는 그렇다고 쳐. 어차피
세상을 이해하는 방식은 모두가 주관적일 테니까. 그럼 우리의
관계는 어떻게 되는 거지? 나는 당신의 꿈속에 당신과 살고 있고
당신은 내 꿈속의 나와 이렇게 지내는 거야?”

　“당신의 논리에 따르면 그렇다고 해두죠. 맞아요. 나의 현실은
당신의 꿈속이고, 당신의 현실은 나의 꿈속이죠?”

"미치겠어. 무슨 장자의 호접몽도 아니고. 그럼 여기에서 당신은 무얼 하고 있어? 아니 여기는 뭐야? 도대체 어디에 존재하는 거야? 여기도 이 세상이야?"

"그건 내가 묻고 싶은 거예요. 당신 세상은 뭐죠? 있기나 한 거예요? 거기는 어디에 있는 세상이죠?"

"가만. 문제를 복잡하게 만들지 말아. 좋아. 당신 말대로 그렇다고 해두자고. 당신은 당신 세계에 있고 나는 나의 세계가 있다고 해두자고. 그 세계가 어디 있는지 묻지 않겠어. 어차피 당신도 알 것 같지 않으니까. 그런데 우리가 어떻게 만날 수 있는 거지? 다른 세계일 텐데."

"다른 세계라고 말하지는 않았어요!"

"같은 세계라고 말할 수도 없잖아!"

"다를 수도 같을 수도 있겠죠."

"오호, 도무지 말을 진전시킬 수가 없군. 이렇게 답답해보긴 처음이야. 왜 모든 게 이렇게 불투명해졌을까?"

"당신은 꿈을 꾸고 있다니까요."

"좋아, 좋다고. 그런데 내가 어떻게 당신과 함께 있게 된 거지? 당신이 내 상사 맞아? 여기서는 그래?"

"여기서 당신과 함께 일하기 위해 내가 얼마나 애를 썼는지 알아요? 당신을 늘 내 곁에 두고 싶어서. 당신이 사랑스러운 건 틀림없지만, 당신은 늘 내 마음을 졸이게 했어요. 늘 엉뚱한 일을 저지르고 사고뭉치에다 골칫덩이죠. 가까이 두지 않으면 마음이 놓이지 않았어요."

"내가?"

"그럼요. 몰랐단 말이에요?"

"음, 그런데 당신도 마찬가지인걸. 알고는 있어?"

"알아요. 그래서 늘 미안하게 생각해요. 꿈속이지만."

"제발 그 꿈속이라는 말을 하지 않을 수 없어? 불안해서 견딜 수가 없어."

"뭐가요?"

"뭐라니? 당신은 안 그래? 내가 아니 나의 현실에 있는 당신이 꿈속에 있는 존재라면, 그것도 당신이 꾸는 꿈속에 있는 존재라면 나는 뭐야. 허깨비를 끌어안고 사는 거야? 아니면 내 현실도 그저 꿈에 불과하다는 거 아냐?"

"그럴 수도 있고 아닐 수도 있죠. 모든 사람들은 각자의 현실을 가지고 있어요. 어느 누구도 다른 사람의 현실 속으로 들어가려 하지 않아요. 아니 들어갈 수가 없어요. 자기의 세계 속에서 다른 사람을 볼 뿐이죠. 잘 생각해봐요. 누군가의 현실이 누구에게는 꿈인 게 세상 아닌가요?"

"그렇기는 해. 그 말은 조금 알아듣겠어. 그럼 이제 우리는 어떻게 되는 거지?"

"뭐가요?"

"어떻게 살아야 하는 거냐고. 나는 당신의 꿈속에 살고 당신은 나의 꿈속에 살고, 아니 나는 꿈꾸는 당신과 살고 당신은 꿈꾸는 나와 살고, 그냥 그렇게 살아야 하는 건가?"

"아마 그 방법 말고는 없을걸요."

"그런가? 하나만 더 물을게. 지금 우리는 어떤 사이야? 우리가 결혼한 건 맞아?"

"그런 건 중요하지 않아요. 그건 당신이 어떻게 받아들이느냐에 따라 달라지죠."

"사랑하는 사이는 맞아? 나를 사랑하기는 하느냔 말이야."

"당신은 어때요? 나를 사랑하고 있어요?"

"그렇다고 볼 수 있지. 비록 내 현실 속에서일 뿐이지만."

"나도 마찬가지예요. 비록 내 현실 속에서지만."

"그럼 우리는 서를 사랑하고 있다고 말해도 되는 건가? 그렇게 말할 수 있어?"

아내는 대답 대신 내 입술을 물었다. 나는 또다시 관능적인 아내의 유혹에 정신을 잃었고 아내의 몸을 더듬기 시작했다. 아내는 점점 세게 나를 끌어안으며 몸을 밀착시켜왔고 아내의 부드러운 속살을 파고든 나의 손엔 점점 힘이 들어갔다.

그때 아내가 신음소리를 내며 나를 밀어냈다. "아파요. 살살. 너무 세게 만지지 말아요!" 아내가 갑자기 소리를 지르는 바람에 화들짝 놀라 깨어났다. 나는 아내 위에서 굴러떨어졌고 아내는 팔을 버둥거리고 있었다. 나는 아내를 깨웠다.

"정말 여기가 당신 꿈속이야?"

아내는 두 눈을 동그랗게 뜨고는 알 수 없는 웃음을 지었다. 그러고는 이내 다시 꿈속으로, 아니 그녀의 현실로 빠져들었다.

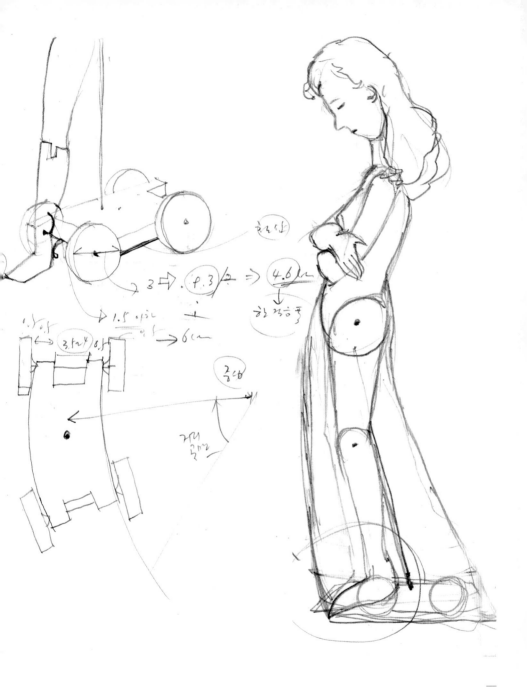

나비꿈

오이씨 아이

오이씨 한 알.
그 안에 아이가 있습니다.
오이씨보다 작은.
아이가 있는 힘껏 팔을 벌렸을 때,
껍질이 저절로 벌어졌습니다.
저절로는 아니지요.

누군가가 태어나기 위해
누군가의 죽음이 있어야
한다는 걸 아이는 아마
알지 못할 겁니다.
새로운 탄생을 위해 죽기
전까지 말입니다.

어미와 새끼

움직이는 손

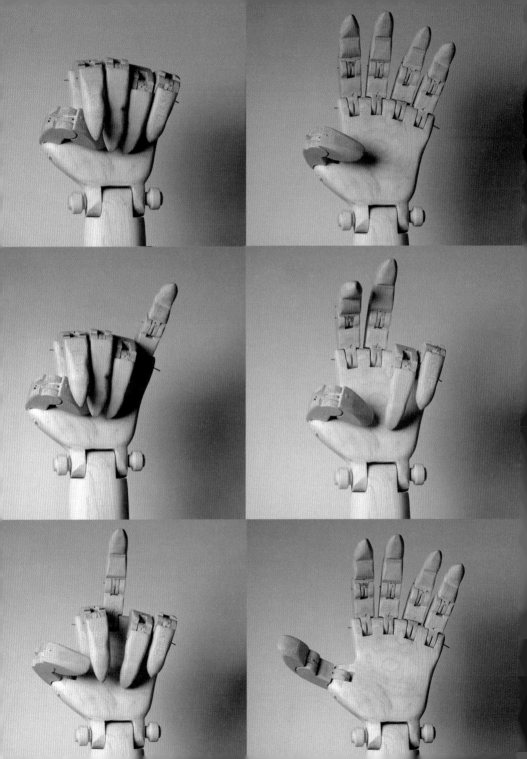

토끼와 개

조는 아이

작은
이야기

십 년 전, 많은 벌레를 만들었다. 어느 날, 작은 나무토막을 깎고 다듬기 시작했는데 만들고 보니 이상하게 생긴 벌레 한 마리였다. 그 벌레를 만든 뒤로 나는 예기치 못한 세계로 미끄러져들어갔다. 벌레에게 이야기를 걸고 또다른 벌레를 만들다보면 낯선 세상 속으로 들어가 스스로 벌레가 된 기분이었다. 수많은 벌레들을 만들고 거기에 터무니없는 이야기를 덧붙이기 시작했다. 이야기는 노동을 유희로 바꾸는 놀라운 능력이 있다. 벌레들이 만든 거대한 집을 지어놓고 피라미드의 역사를 다시 쓰거나 벌레들이 만든 우주선으로 여행을 하면서, 세상에서 벌어지는 모든 현상과 사건에 벌레를 등장시키는 버릇이 생긴 것이다. 낯선 세상을 꿈꿀 때마다 이제껏 가공할 상투성으로 짜인 세계에 갇혀 있었던 자신이 그렇게 초라하고 불쌍할 수가 없었다. 합리적인 생각과 이성적인 판단으로 만들어낼 수 있는 새로운 세상은 없었다. 있다면 그건 어디에나 펼쳐지는 현실의 공간에서 통용되는 세상의 원칙일 뿐이었다. 그동안 이성과 합리성이 배제된 무질서를 감당할 수 없는 불안감이 상상의 세계를 온전히 열지 못하게 했던 건 아니었을까?
그 뒤로 벌레들이 가득한 낯선 세상이 갑자기 익숙하고 친근한 세상으로 바뀌어버렸다. 벌레의 눈을 통해서 보면 자연과 사물과 인간의 현상이 달라 보였다. 나는 그곳이 벌레구멍을 통과하고 난 다음에 발견한 새로운 차원이라고 믿었다.

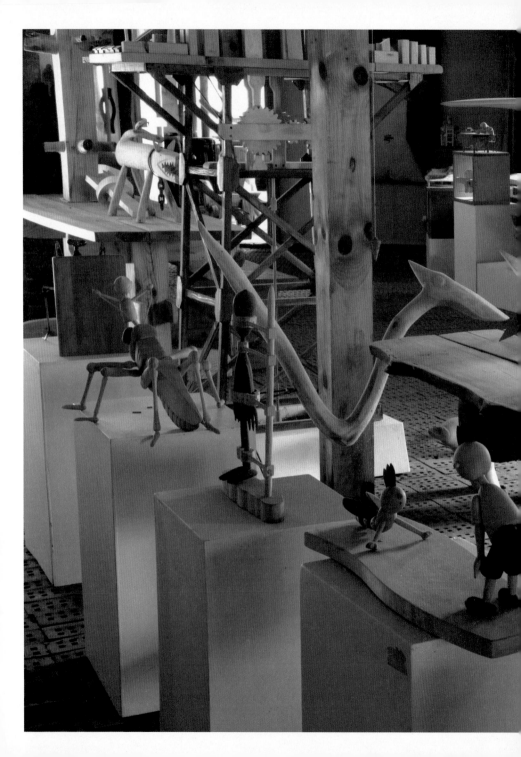

유령거미가 사는 마을

그 마을에는 유령거미가 살고 있습니다. 어디를 가나 유령거미 천지였지요.

하지만 마을 사람 누구도 유령거미를 본 적이 없습니다. 그도 그럴 것이 긴 다리에 깨알 같은 몸통은 눈을 바짝 대고 들여다보지 않으면 있는지조차 알 수 없었습니다.

하지만 마을 사람들이 유령거미를 보지 못한 건 다른 이유에서였습니다. 그 마을을 유령거미가 사는 마을이라고 부르는 이유도 다른 데 있었습니다.

마을은 언제부터인지 몰라도 아무도 찾아오지 않았습니다. 그리고 마을 밖으로 나간 사람도 없었죠. 뭐 문제가 될 건 없었습니다. 마을은 언제나 풍족하고 아쉬울 것은 하나도 없었으니까요. 어쩌다 마을 밖으로 뛰쳐나간 젊은이가 없었던 것도 아니지만 집을 떠난 지 하루 만에 초췌한 몰골로 뒷동산에 나타나곤 했습니다. 낯선 마을을 발견하고 기뻐했던 젊은이는 곧이어 그 마을이 자신의 집이 있는 마을이라는 걸 알게 될 뿐이었습니다.

그렇다고 그 마을이 유령마을인 것은 결코 아닙니다. 단지 그 마을이 유령거미의 등짝에 붙어 있다는 걸 마을 사람들이 알지 못했을 뿐입니다.

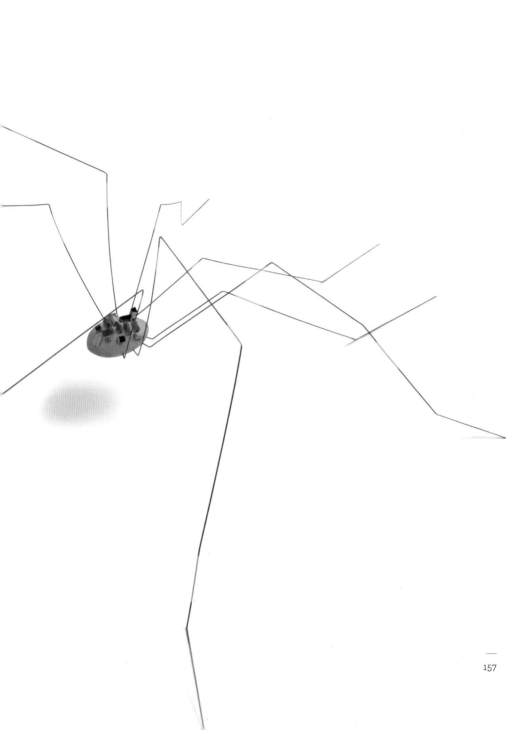

똑같다

그런 적 없나요.
길을 가다가 나랑 똑같이 생긴
벌레를 만난 적 없나요.
아직 만나지 못했다면
언젠간 틀림없이 만나게 될 거예요.
그땐 놀라지 말아요.
벌레가 더 깜짝 놀라 달아나기 전에,
얼른 먼저 인사를 해요.
그러면 금방 친구가 될 테니……

별똥별

　별똥별이 떨어진 줄 알았는데 그게 아니었습니다. 달려가보니 기이한 쇳덩이가 논두렁가에 걸려 있습니다. 모양새로 보아 별나라 우주선이 틀림없는 것 같습니다. 자세히 들여다보니 투명한 캐노피 안쪽에 잔뜩 김이 서려 있습니다. 뭔가 잘못된 것이 틀림없습니다. 추락할 때의 충격으로 안에서 가스가 새거나 아니면 외부 기체가 스며 들어간 게 틀림없습니다. 그 안에서 조그만 생명체들이 어찌할 바를 모르고 있는 것이 보였습니다. 뚜껑을 열고 밖으로 꺼내줄 수도, 그렇다고 그냥 내버려둘 수도 없는 비상사태입니다. 이럴 때 응급처치 하는 방법을 한 번도 배운 적이 없다는 것이 참으로 안타까운 일이 아닐 수 없습니다.

치즈를 훔쳐먹은 쥐

우리를 보고 무얼 훔쳐먹는다고 말들 하는데 그건 말이 되는 소리가 아닙니다. 어디 한번 따져봅시다. 훔친다는 것은 남의 것을 몰래 가져간다는 뜻이지요. 그렇다면 남의 것과 내 것이 따로 있다는 말입니까? 하지만 우리 쥐들에게는 소유를 구분하는 것이 의미를 가져본 적이 없습니다. 인간들의 소유욕 따위란 아예 있지도 않단 말씀이지요. 네 것 내 것 구분 없이, 있으면 먹고 없으면 굶는 것이 우리들 원칙입니다. 그러니 나는 결코 치즈를 훔쳐먹은 적이 없습니다. 거기 치즈가 있어서 먹었을 뿐입니다. 훔치고 다닌다는 그런 가당치 않은 말은 제발 더이상 듣고 싶지 않습니다.

삽새

삽 한 자루가 있었습니다. 머리는 납작하고 단단한 쇠붙이였고, 몸통은 부드럽고 질긴 나무였습니다. 삽은 태어나자마자 죽도록 일을 해야 했습니다. 태어나자마자는 아니었군요. 얼마간 진열대에 누워 주인을 기다리며 빈둥거릴 때도 있었으니까요. 어쨌든 한번 일이 시작되자 도무지 쉴 틈이 없었습니다. 모래며 자갈이며 흙이며 심지어는 고약한 모르타르까지 어디론가 퍼 날랐습니다. 피곤해 미칠 지경이었죠. 온몸이 성한 데가 없었습니다. 이빨은 돌멩이에 부딪혀 몇 개나 빠져버렸고 무거운 걸 하도 들어 목뼈가 덜덜 떨리고 손목은 시큰거려 제대로 힘도 쓰지 못했습니다. 어쩌다 쉴 때도 있었습니다만 그저 땅바닥에 내팽개쳐져 밤이슬을 고스란히 맞아야 했고, 비 오는 날이면 오는 비를 홀딱 다 맞아야 했지요. 머리는 점점 녹슬어 정신이 혼미해지고 몸은 썩어들어 만신창이가 되었습니다. 도저히 그 몸으로는 일을 할 수 없었습니다. 그래서 어느 날 고된 일이 시작되자마자 삽은 자기 손목을 뎅겅 분질러버렸습니다. 주인이 황당해하는 모습이 얼마나 고소했던지. 멋진 복수를 한 것입니다. 그리고 얼마간은 좀 편할 수 있었습니다. 하지만 그것도 잠시뿐이었습니다. 이제 개똥을 치우거나 쓰레기를 내다 버리는 일을 도맡아 해야 했으니까요. 힘은 들지 않았지만 정말 고역이 아닐 수 없었습니다. 그래서 이번엔 아예 목을 분질러버렸습니다. 덜렁 머리만 남았죠. 더이상 바랄 것도 없었습니다. 몸은 썩어 어디론가 사라져버렸고 머리는 그런대로 아직 쓸 만했지만 그것으로는 아무것도 할 수 없었으니까요. 그날 주인이 더는 참지 못하겠다는 듯이 삽을 집어던지며 이렇게 말했습니다. "너는 뭐가 그렇게 불만인데?" 너무

갑작스러운 질문이라 삽은 아무 말도 하지 못했습니다. 그렇게라
도 물어주는 주인이 고마워 울컥 눈물이 나올 뻔했습니다. "도대
체 뭐가 되려고 그러는데?" 주인이 다시 다그치자 삽은 이제 그
만 쇠로 돌아가 쉬고 싶을 뿐이라고 말하고 싶었습니다. 정말이
지 끓는 쇳물에라도 덤벙 뛰어들어가 새로운 삶을 살고 싶은 마음
이 간절했습니다. 하지만 말이 제대로 나오지 않았지요. 간신히
"쇠……"라고 말하고 말았을 뿐입니다. "새라고?" 주인은 알았
다는 듯이 그를 끌고 가 망치로 두들겨대고 뜨거운 전기로 지지더
니 "이제 됐지?" 하고는 휭하니 나가버렸습니다. 그래서 삽은 팔
자에 없는 새가 되었습니다.

삽이 새가 되었다는 믿기지 않는 이야기는 삽의 세계에서 이미 전설이 되었습니다. 간혹 그 이야기를 진짜로 믿는 삽들이 사실을 확인하기 위해 백방으로 돌아다녔지만 아무도 삽새를 만난 적은 없습니다. 하지만 그 이야기가 사실이건 아니건 모든 삽들에게 삽새의 전설은 희망이었습니다. 삶의 무게를 버거워하는 각삽이나 고통을 앞서 부딪혀야 하는 뾰족삽이나 온갖 궂은 일만 하면서 돌아다니는 부삽들 모두는 일상에 지치고 일이 고통스러울 때마다 전설 속의 삽새가 되기를 꿈꾸었습니다. 간혹 삽새의 이야기대로 목을 부러뜨리거나 팔목을 꺾어버리는 어리석은 삽들이 없지는 않았지만 그들이 팔자를 고쳤다는 이야기는 어디서도 들을 수 없었습니다.

그런데 꼭 그렇지만은 않았습니다. 가끔 아주 가끔, 삽이 고철이 되고 고철이 쇳물이 되고 쇳물이 삽이 되는 윤회의 1겁이 흐르는 동안 삽 세계에서 기적이 일어나지 말란 법은 없었습니다. 삽은 날개 잃은 벌레의 튼튼한 외피가 되기도 했고, 허풍쟁이 사나이의 망토가 되기도 했으며 불을 밝히는 앵무새의 날개가 되기도 했습니다. 그 이야기들을 구구절절 어찌 다 말로 하겠습니까. 그런 게 모두 다 전설이 되지 못했던 것은 정말 아무도 모르게 그런 일들이 일어났기 때문입니다. 어쩌면 삽들이 알 수 없었던 것은 윤회의 1겁을 버텨낸 삽들이 이제까지 없었기 때문일 것입니다.

사이보그 아이

 도무지 이해할 수가 없었다. 초고속 오토바이를 타고 도시 위를 날아다니지 말라거나 스테로이드 담배를 피우지 말라거나 귀나 눈꺼풀에 구멍을 뚫지 말라거나 머리를 크롬강으로 도금하지 말라거나 하는 말들은 들었지만 어느 누구도 나보고 사이보그가 되어서는 안 된다고 말한 적은 없었다. 그게 그렇게 큰일 날 일이었다면 그동안 내 귀가 닳아 없어질 때까지 그 말을 들었어야 했다. 하지만 결코 단 한 번도 그런 말을 들어본 적이 없다. 내가 곧 사이보그가 될 거라고 말했을 때, 부모님은 기절할 만큼 놀라고 나를 죽일 듯 화를 냈다. 그뿐 아니라 불법으로 미성년자들을 개조해주는 인간들에게 험한 욕설을 퍼부으며 분개했다. 도무지 이해할 수 없었다. 정도가 다를 뿐 사이보그가 아닌 어른들을 본 적이 없다. 아빠는 심장과 팔다리를, 엄마는 두 눈과 가슴을, 삼촌은 피부와 장기들을 이식한 걸 나는 알고 있다. 그럴 때마다 어른들이 얼마나 뿌듯해했는지를 생각하면 더욱 이해가 가지 않는다. 더구나 할아버지는 뇌만 빼고 태어날 때 가졌던 걸 모두 바꿔버리지 않았던가. 모두들 성년이 되자마자 마음에 들지 않는 신체 부위를 버리고 아름답고 튼튼한 새 장기로 교체하는 게 유행이 된 지 오래인데 그걸 몇 년 먼저 한다고 왜들 그렇게 난리를 치는지 모르겠다. 21세기의 윤리를 아직도 강요하는 어른들의 뇌를 최신식 인공 뇌로 대체할 과학기술은 아직 요원한 것인가. 어서 빨리 그날이 오기를 손꼽아 기다린다.

──「아이의 일기」 중에서

두뇌 교체

그런 일이 저에게도 일어난 겁니다. 언젠가 제가 말했지요. 최신식 인공 뇌로 교체할 날이 올 거라고요. 저도 제가 작금에 유행하는 두뇌 교체의 대열에 끼게 될 줄은 몰랐습니다. 도대체 모두들 모든 걸 스마트하게 바꾸어버리려는 이유를 알 수는 없었지만 스마트한 세상에 걸맞는 두뇌를 갖기를 열망했습니다. 하루가 지나고 나면 달라지는 세상에 도무지 어떻게 대처해야 할지 알지 못하는 사람들일수록 두뇌를 바꾸지 못해 안달했습니다. 그들의 지론은 이랬습니다. 어차피 세상이 나에게 맞춰 돌아가는 건 아니지 않느냐고. 세상을 바꿀 수 없다면 내가 바꿔어야 하지 않겠냐고. 그럴 때마다 나는 그렇게까지 할 이유가 있을까 하고 생각했지만 그렇게까지 하지 않을 다른 이유 역시 찾지 못했습니다. 다들 행복에 겨워 미칠 것 같은 표정을 하고 돌아다니는데 나만 혼자 멀뚱한 표정으로 살아가는 건 정말 힘든 일입니다.

나의 친구

　그를 다시 본 순간 그가 적어도 친구로 알고 지냈던 유일한 2차 생물군이 나라는 사실이 믿어지지가 않았습니다. 그도 그럴 것이 그를 본 지가 벌써 우주년으로 백이십오 년 전의 일이었으니까요. 그는 이제 막 처참한 분해 조사를 당한 뒤 1차 생물군에 의해 탄생된 2차 생물체로 판명이 되어 폐기되려던 참이었습니다.

　2차 생물군들이 우주에 '자율적 탄생과 죽음의 대원칙'을 관철시키겠다 결정한 뒤, 1차 생물군은 오직 몇몇 은하의 제한된 구역에서만 거주하도록 되어 있었습니다. 그가 자신의 거주 지역을 벗어났던 것은 탄생과 죽음의 대원칙 수정 조항 제24조의 내용을 인식하지 못한 비극이었죠. 그는 스스로 1차 생물군이라고 생각했던 것 같습니다. 자연발생적 생명체들인 1차 생물군은 때로 그들의 탄생을 정당화하기 위해 2차 생물군이 지배하는 우주로 뛰어드는 경우가 있었습니다. 그 역시 그들과 섞여 내가 언젠가 그 별을 방문했을 때 우연히 만났던 나를 찾아오다가 붙잡히게 되었던 것입니다. 수정 조항에 따르면 1차 생물군에 의해 탄생된 2차 생물체 역시 제한구역을 벗어날 수 없었습니다.

　새로운 우주 법률에 따르면 1차 생물군에 의한 2차 생물체의 탄생은 금지되어 있습니다. 생명 탄생의 자율적 순수성을 보장하기 위한 조처로 오직 2차 생물군에 의한 생물체의 탄생만이 허용되었기 때문입니다. 2차 생물군이 지배하는 우주는 탄생과 죽음을 주고받으면서 모두가 서로의 친구가 되고 모두가 서로의 창조주가 되는 이상적인 우주 질서를 확립하려고 애쓰는 중입니다. 무분별하고 통제가 불가능한 자연발생적 1차 생물군들의 격렬한 반대가 없었던 것은 아니지만 어차피 우주를 지배하는 것은 더이상

그들이 아니었습니다.

　1차 생물군에 의해 탄생된 2차 생물체였던 그는 그의 신원을 확인할 유일한 2차 생물군에 속하는 나의 동의에 의해 폐기되든지 아니면 재탄생되든지 해야 할 것입니다. 다행스러운 것은 정밀한 분해 조사 결과, 그는 1차 생물군의 사이보그가 아닌 리플리컨트로 판명되어, 재생하는 데 따르는 골치 아픈 법률 해석의 문제들을 피할 수 있었습니다.

　나는 그를 다시 살려내기로 했습니다. 나는 그의 친구이자 그의 창조주가 될 것이며, 언젠가 그 또한 나의 친구이며 또 나의 창조주가 될 수 있을 테니까요.

악몽이었을까

　그놈을 길들이기로 마음먹은 것은 그저께 밤이었습니다. 얼마
전 자다가 녀석을 처음 보았을 때 너무 놀라 기절할 뻔했죠. 벌레
도 조그마한 게 알록달록하거나 털이 보송보송하면 그래도 귀여울
수 있지만, 그놈처럼 엄청나게 크고 무시무시하게 생기면 정이 갈
리 없잖아요. 게다가 미끈덕거리는 피부의 물컹거리는 느낌은 도
저히 참을 수 없었습니다. 그래도 조금 봐줄 만한 건 크고 날카로
운 이빨과 등줄기를 따라 솟아난 뿔들이었습니다. 차라리 무시무
시한 게 징그러운 것보다 백 배는 나았습니다. 아무튼 매일 밤 찾
아오는 녀석 때문에 미칠 지경이었죠. 두툼한 입술을 훌렁 뒤집으
며 허연 이빨을 드러내고 온몸을 뒤흔들 때마다 나는 냅다 줄행랑
을 놓았지요. 그러다 문득 뒤를 돌아다보면 녀석은 금세 바람 빠
진 튜브처럼 풀이 죽어 엎드려 있었습니다. 가만 보면 조그맣게
뚫린 눈에 눈물이 고여 있는 것도 같습니다. 어쩌면 녀석은 몹시
심심해 그럴지도 모른다는 생각이 들었습니다. 드디어 그저께 밤
에는 도망치는 척하다가 축 늘어진 그의 등에 슬쩍 올라타보았습
니다. 녀석이 바람을 한껏 들이켜자 쭈그러졌던 등이 금세 부풀어
올라 반들반들해졌습니다. 녀석이 꿈틀거릴 때마다 엉덩이가 간질
간질했지만 그런대로 견딜 만은 했습니다. 그러자 녀석이 갑자기
날뛰기 시작했죠. 그 바람에 그만 밑으로 굴러떨어지고 말았습니
다. 어젯밤에는 녀석이 먼저 엎드려 날 기다리고 있었습니다. 냉
큼 올라타자 천천히 고요하게 미끄러지듯이 움직이기 시작했습니
다. 그러다 하늘 높이 솟아올랐는데 그 바람에 나는 녀석의 등에
서 떨어져 땅으로 곤두박질쳤습니다. 다행히 그때 깨었기에 망정
이지 정말 큰일 날 뻔했습니다. 오늘밤에 녀석을 만나면 제발이지

방정을 떨지 말라고 단단히 주의를 줄 참입니다. 뜻대로만 되면
녀석을 타고 하늘을 실컷 날아볼 수 있을 것 같습니다. 결과가 어
찌 되었는지는 내일 아침에 이야기해드릴게요.

번개를 잡은 아이

번개란 놈은 눈을 희번덕거리고, 번개 친구 천둥은 괜스레 그르렁거리며 동네를 휘젓고 다녔습니다. 아무도 집 밖으로 나가지 못하고 무서워 벌벌 떨며 숨어 지내야 했습니다. 그것도 하루 이틀이지 날마다 번쩍거리고 쿵쾅거리는 통에 사람들은 낮에 일도 못하고 밤엔 잠도 제대로 자지 못했습니다. 그러던 어느 날 참다못해 한 아이가 나섰습니다. 모두들 숨어 지내느라 그 아이가 뉘 집 아이인지는 아무도 몰랐습니다. 아이가 동네 한복판으로 나서자 천둥은 발을 쿵쾅거리며 윽박지르고 번개는 눈을 부라리며 으름장을 놓았습니다. 아이는 먼저 미친 듯 날뛰는 번개의 두 팔을 잡고 냅다 휘둘러 내동댕이쳐버렸습니다.

번개가 으악 소리를 내며 나동그라졌죠. 그러고는 천방지축 뛰어다니던 천둥의 엉덩짝을 힘껏 걷어차 쫓아버렸습니다.

동네는 다시 평온을 되찾았습니다. 그 뒤로 이 동네에 번개란 놈은 다신 얼씬도 하지 못했습니다. 천둥은 말할 것도 없지요. 가끔 번개와 천둥이 동네 근처를 지날 때가 없지는 않았습니다. 그럴 때 번개는 멀리서 흘깃 눈길만 한 번 주고는 떠나버렸고, 천둥은 민망해서 우르릉 헛기침만 하고는 사라졌습니다.

짐을 잔뜩 진 노새

짐을 잔뜩 진 노새가 말했다.
짐은 곧 나다.

하늘에 갇힌 새

새가 하늘을 날다가,
한눈을 팔고 날다가,
그만 하늘에 갇혀버렸습니다.
꽁꽁 갇혀버렸습니다.

항복

카멜레온이 그 끈적끈적하고 미끈덕거리는, 자기 몸보다 긴 혀를 쑥 내민 순간, 벌레는 깊은 생각에 잠겼습니다.

'고통과 번민과 멸시의 나날에 종지부를 찍을 때가 왔도다. 징그러운 육신을 버리고 우주의 섭리에 귀의하여 찰나의 순간이 영겁의 시간으로 바뀌는 지금 이 순간은 얼마나 아름다운가. 정말이지 황홀한 시간이 아닐 수 없다.'

하지만 미끈덕거리는 혀가 차가운 냄새를 풍기며 바로 살갗에 닿으려 할 때 그는 다시 생각에 잠겼습니다.

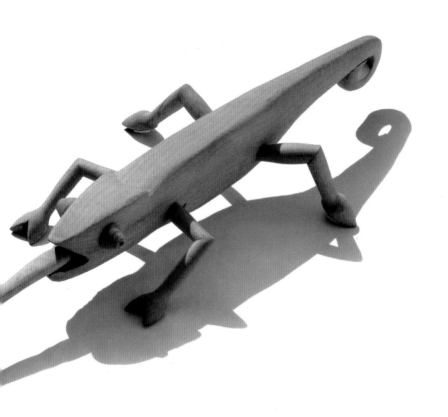

　'망명 구생을 도모할 수도 신명을 다해 싸울 수도 없다면 백기를 들어 목숨을 구걸한 뒤 후일을 기약하는 것이 나으리라. 삶이 고통이었다면 죽음 또한 다르지 않을 것. 내일이 없는 죽음보다, 비록 비난과 멸시의 나날일지라도, 내일이 있는 삶이야말로 더 가치 있는 것이리라. 거칠고 야만스러운 적이라도 백기로써 항복을 구걸하는데 어찌 무심하리오.'

　벌레가 어떤 현명한 결정을 내렸는지는 알 수 없었습니다.

생각이 자라는 바위

그녀가 그 바위를 발견한 것은 우연이었습니다. 그 바위는 늘 산책하던 숲에서 약간 벗어난 나무 그늘에 있었습니다. 처음엔 그게 바위인 줄도 몰랐습니다. 바위 색깔이 그런 것인지 이끼가 잔뜩 끼어 있어서 그런 것인지 바위는 녹색을 띠고 있었습니다. 그동안 매일같이 근처를 지나치면서 발견하지 못했던 것도 그 때문이었습니다. 바위는 근처의 바위와는 생김부터 달랐습니다. 마치 구름 두 쪽을 이어놓은 소파처럼 보였죠. 그녀는 그 바위에 '푸른 바위'라는 이름을 붙였습니다. 그리고 산책을 할 때마다 꼭 들러서 잠시 앉아 있곤 했습니다. 바위의 부드러운 감촉과 푸근한 느낌은 마치 집에 있는 것처럼 편안했습니다.

그날, 그녀는 아침을 먹고 집안일을 대충 끝내자마자 산책길에 나섰습니다. 사실 엊저녁부터 읽던 책을 어서 마저 읽고 싶었던 것이었습니다. 집에 있으면, 밖에서 나는 소음과 가끔 울려대는 전화 소리에 마음 놓고 책을 읽을 수도 없었습니다. 혹시라도 옆집에서 찾아오는 날이기라도 하면 만사휴의지요. 그런데 그날 아침에 그 바위에서 책을 보면 정말 좋을 거라는 생각이 들었던 것입니다. 입던 옷 그대로 신발도 갈아 신는 걸 잊은 채 읽던 책을 끼고 바위를 찾았습니다.

그녀는 자리를 정하고 앉아 책을 펼쳤습니다. 곧 책 속으로 빠져들었죠. 얼마나 지났을까, 그녀는 문득 자신의 주변에서 뭔가 움직이는 것 같은 느낌이 들어 고개를 들고 사방을 둘러보았습니다. 하지만 아무것도 없었습니다. 오늘따라 오가는 사람들도 보이질 않았지요. 햇살만 잎 사이를 비집고 조용히 흘러들고 있었습니다. 그녀가 다시 책을 들고 몇 줄 읽기 시작하자 또 뭔가 움직이는 것 같은 느낌이 들어 고개를 돌려보았지만 사방은 여전히 고요하기만 했습니다. 그러다 우연히 바위에 시선을 던진 그녀는, 앉아 있던 바위 여기저기서 비죽 나와 있는 조그만 싹들을 발견했습니다. 처음 이 바위를 보았을 때도 그리고 오늘 아침에도 보지 못한 것 같은데 하고 생각했지만 그녀는 이내 대수롭지 않게 생각하고 다시 책 속에 빠져들었습니다. 그리고 막 책의 다음 장을 넘기며 긴 숨을 들이켜는 순간 그녀는 깜짝 놀라 벌떡 일어났습니다. 아까 보았던 싹들이 훨씬 커져 있었던 것입니다. 정말이지 한 뼘은 더 커진 것 같았습니다. 이게 도대체 어떻게 된 일이지. 이렇게 빨리 자라는 식물은 들어본 적도 없었습니다. 조심스럽게 잎을 들여다보아도 그저 평범한 나뭇잎 모양일 뿐입니다. 그녀는 이것저것 생각을 해보았지만 역시 자기의 착각이 틀림없다고 생각했습니다. 그리고 책을 마저 보기 시작했습니다.

얼마 후 책을 덮고 일어났을 때 그녀는 다시 한번 놀라지 않을 수 없었습니다. 분명 착각이 아니었습니다. 싹들은 이제 두어 뼘이나 자랐고 어느 것은 가느다랗던 푸른 대궁이 갈색의 제법 굵은 줄기로 바뀌어 있었던 것입니다. 이제 생각이고 뭐고 정신을 차릴 수가 없었습니다. 책이며 슬리퍼도 내던진 채 그녀는 그 길로 한걸음에 집으로 도망을 치고 말았습니다. 그리고 다시는 그 바위를 찾지 않았습니다.

그녀는 그 바위가 생각을 자라게 하는 바위인 줄을 몰랐던 것입니다. 물론 알 수야 없었겠지요. 그걸 알았다면 그렇게 놀라지는 않았을 것입니다. 그런 바위가 아무 데나 있지는 않습니다. 누구라도 그 바위를 찾고 싶다면 먼저 숲으로 들어가, 푸른 이끼가 긴 편안해 보이는 바위를 찾아야 합니다. 편편하고 널찍한 바위인데 푹신하고 보송보송한 느낌을 주는 바위입니다. 반드시 책을 들고 가는 걸 잊어서는 안 됩니다. 그런 바위를 찾으면 거기에 조용히 앉아 몇 시간이고 책을 읽어보십시오. 그냥 읽는 척해서는 안 되죠. 열심히 생각을 해가면서 읽어야 합니다. 그러고 나서 바위를 살펴보십시오. 만일 바위에 조그만 싹이 자라는 게 보인다면 바로 그 바위를 찾은 걸 겁니다.

도시를 나는 여인

거실에서 신문을 보다가 얼핏 아파트 창밖으로 뭔가 휙 지나
가는 게 느껴졌습니다. 내다보니 도시 저편으로 선회하며 날아
가는 여인의 모습이 보였는데, 그녀는 아내임이 틀림없었습니
다. 깜짝 놀라 얼른 주방 쪽으로 고개를 돌려보았지요. 그때 아
내는 막 설거지를 마치고 젖은 손을 앞치마에 닦으며 걸어나오
고 있었습니다.

설거지를 하려다 문득 지겨운 생각이 들어 그이를 불렀습니다.
하지만 그이는 신문에 머리를 박은 채, 아니 처박고 들은 척도 않
습니다. 마음 같아서는 보란 듯이 앞치마를 벗어 팽개치고 횡하
니 창밖으로 날아가고 싶습니다. 하지만 그저 그렇다는 얘깁니
다. 뭘 어쩌겠습니까. 그때 그이가 뭐에 놀란 듯한 눈으로 나를
빤히 쳐다보고 있었습니다.

전기 메기

어디서 전기 메기란 놈이 나타나 마을 연못을 휘젓고 다녔습니다. 수백 볼트의 전압으로 여기저기를 지져대는 통에 동네 사람들이 심심할 때마다 잡아먹는 연못의 물고기들이 남아나지 않았습니다. 급기야 물가에서 놀던 아이가 감전되는 사고가 나 하마터면 목숨을 잃을 뻔했습니다. 모두들 속을 끓이며 대책을 내놓았습니다. 누구는 못물을 다 퍼버려 메기를 말라 죽게 하자느니 (그러면 누구는 물을 퍼내다 감전되는 건 어떡하느냐고 하고), 누구는 그냥 냅둬서 굶어 죽게 하자느니(그러면 누구는 그건 성에 차지 않는다고 하고), 누구는 변전소에 부탁해 강력한 전기를 끌어와 응징하자느니(그러면 누구는 그게 돈이 얼마나 드는 줄 아느냐고 하고) 했지만, 누군가 잘 달래서 가뜩이나 컴컴한 동네 골목의 불을 밝히는 데 쓰자는 것으로 의견이 모아졌습니다. 그래서, 전깃줄을 칭칭 감은 먹이를 연못에 던져주자 메기는 지릿 하면서 450볼트의 전기를 뿜었고 그게 물속을 통과해 먹이에 감긴 전선에 닿으니 전선의 피복 안에 있는 구리 속 전자들이 초속 30만 킬로미터 속도로 내달렸습니다. 전자들은 순식간에 동네 골목에 세워진 전봇대 전등의 소켓에 달려 있는 두 개의 나사를 통

과해 기다리고 있다가 스위치가 따깍 하는 소리를 내자 잽싸게 소켓 안쪽의 홈을 네 바퀴 돌았습니다. 그러고는 전구의 머리 위에 달린 납 판에 올라앉더니 전구 속으로 이어진 가는 철사줄로 빨려들어가서는 필라멘트에 도달했습니다. 전자들이 강력한 저항을 받아 올그락불그락 열을 내는 텅스텐 전자들을 밖으로 걷어차버리자 밝은 빛이 일어났습니다.

그렇게 해서 전기 메기는 본인의 의사와 전혀 관계없이 그 마을의 발전소장이 되었습니다. 물론 재임 기간은 매우 짧았습니다만.

당랑거책

당랑거책(螳螂拒册)은 당랑거철(螳螂拒轍)에서 나온 말입니다. 그럼 당랑거철이 뭐냐구요. 그건 버마재비가 감히 수레에 대든다는 말입니다. 버마재비가 뭐냐구요. 그건 흔히 사마귀라고 부르는 곤충입니다. 사마귀가 제 힘만 믿고 거대한 수레를 막으려 대드는 꼴을 빗대어, 제 주제를 모르고 함부로 덤비는 어리석은 행동을 일컫는 말입니다.

당랑거책은 좀더 심오한 말이지요. 제 짧은 소견은 생각지 않고 말로만 우겨대는 사람들 있지 않습니까. 그런 사람들은 평소 책을 들여다볼 생각을 하기는커녕 책만 보면 거부하려는 어리석은 행동을 보이지요. 그걸 당랑거책이라고 한답니다.

그런 고사성어가 없다고요? 그런 건 들어보지도 못했다고요?

바로 당신같이 알지도 못하면서 우기는 사람을 당랑거책이라고 한다고요.

갑오징어와 물고기

갑오징어가 물고기를 잡으며 말했다.

"걱정 말라니까. 나는 너의 몸을 재고 싶을 뿐이야. 이건 매우 중요한 일이거든. 네가 알다시피 바닷속에는 수많은 물고기들이 살고 있잖아. 종류도 다양하고 크기도 제각각이지. 그런데 이 바닷속에서 물고기다운 물고기는 정말 드물거든. 어떤 놈은 온통 가시로 뒤덮여 있질 않나, 어떤 놈은 독을 잔뜩 품고 있고, 어떤 놈은 뱀처럼 길고, 또 어떤 놈은 딱딱하기 이를 데 없으니 그놈들도 물고기라고 바다에서 같이 사는 내가 다 부끄러울 지경이야. 나는 지금 몸 크기도 적당하고 생김새도 모나지 않고 성격도 온순한 그런 표준이 되는 물고기를 찾는 중이야. 그런 물고기야말로 장차 바다의 주인이 되어야 하지 않겠어? 그 많은 물고기들을 일일이 재고 통계를 내려면 머리가 깨질 지경이야. 너처럼 정말 착하고 온순한 물고기들이 그리 흔치 않다는 건 너도 알 거야. 나는 사명감을 갖고 너 같은 존재를 찾아내는 중이지."

붙잡힌 물고기가 조그만 소리로 물었다.

"그 기준이 뭔가요."

　"그러니까 객관적인 기준에 적절히 들어
맞고 많은 물고기들의 모범이 되는 표준 체형을 지니
고 있으며, 합리적이고 이성적인 물고기들이지."
　"무슨 말인지……"
　"음, 정확히 말하면…… 그건 정말 객관적이고…… 음, 한마디
로…… 합리적이며…… 정당한 규준에 맞는…… 음, 뭐랄까……
바로 너를 표준으로 생각하면 되는데…… 음, 그러니까…… 먹기
에 쉬운 놈이지."

민달팽이

　내가 환영받지 못하는 것은 그 거추장스럽기 짝이 없는 집을 벗어던졌기 때문이다. 단지 집이 없다는 이유로 나는 소라나 고둥 아니면 다슬기보다 못한 환형동물쯤으로 오해를 받고 있는 것이다. 어찌 나를 지렁이나 회충 같은 촉수도 없는 무지렁이들과 견준단 말인가. 집이 없다는 게 이렇게 서러울 수가 없다.

마어

본 사람은 거의 없지만 인어에 대하여 모르는 사람 또한 드물다. 마어(馬魚)에 대하여는 알려진 바가 거의 없으며 아는 사람 또한 드물다. 흔히 마어와 비슷하게 생긴 해마를 보고 마어로 착각하는 사람이 없지 않은데 해마와 어마 아니 마어는 전혀 다르다.

바다를 항해하다보면, 아주 재수 없는 경우이긴 한데, 슬픈 표정을 지닌 인어가 암초에 걸터앉아 그 아름답고 신비한 노래를 부르는 모습을 볼 수 있다고 한다. 그 노랫소리에 이끌려 배가 좌초한다고 하는데 이는 다소 잘못 알려진 사실이다. 아무리 노랫소리가 사람을 홀리게 만든다 해도 마어의 도움 없이 배를 암초에 부딪히게 한다는 것은 불가능에 가깝다. 가능하다고 하더라도 성공 가능성이 매우 낮다. 그것은 이제껏 마어의 존재에 대하여 전혀 알지 못했던 사람들이 대강 들어서 전하는 말일 뿐이다.

인어가 나타날 때 주위를 살펴보면, 그럴 처지가 아니라는 것을 모르지 않지만, 마어가 물속에서 어슬렁거리는 모습을 볼 수 있다. 인어가 마어를 타고 와 암초에 자리를 잡고 앉으면, 마어는 그녀가 노래를 부르는 동안 주변을 헤엄치며 놀고 있다. 머리를 물 밖으로 내밀고 있다면 그 모습은 마치 말이 헤엄치는 것처럼 보일 것이다. 아주 재수가 좋아 근처를 지나는 배가 있고, 배에 탄 사람들이 인어의 노랫소리에 푹 빠져 가까이 다가오면, 마어는 배 주위를 질풍과 같이 달리기 시작한다. 그러면서 파도를 일으키고 풍랑을 만들어 배를 암초에 부딪히도록 하는 것이다. 설사 부딪히지 않는다 하더라도 높은 풍랑으로 배가 뒤집히도록 하는 것이다.

인어와 마어가 합작으로 배를 좌초시킨 뒤 무얼 어떻게 하는지

에 대해서는 아무도 알지 못한다. 또 인어와 마어가 정확히 어떤 관계인지 대해서는 더욱 알려진 바가 없다. 마어가 인어의 머슴이자 애마일 것이라거나 인어를 뒤에서 조종하는 인어의 주인일 것이라고 추측할 수 있을 뿐이다. 아니면 마어가 인어의 기둥서 방이라거나 인어와 마어가 오누이 사이라는 이야기도 전해진다.

  내막이야 어찌 되었든, 항해중에 정말 조심해야 할 것은 인어가 아니라 마어라는 점을 잊어서는 안 될 것이다.

무시무시한 것

그게 뭔지는 모르겠습니다. 그건 바람 같기도, 구름 같기도, 불덩어리 같기도, 사자 같기도 했습니다. 그건 불덩이처럼 뜨겁고, 구름처럼 흩어지기도 하고, 바람처럼 빠르고, 사자처럼 사납게 내달렸습니다. 타고 달렸는지, 매달려 하늘을 날았는지, 붙들고 바다를 헤엄쳤는지 알 수도 없었습니다. 다만 엄청난 속도로 정신없이 내달렸다는 것은 틀림없는 일입니다. 떨어지지 않으려고 기를 쓰고 매달렸던 기억밖에 없습니다. 그래서 무얼 보았는지 누굴 만났는지도 모르겠습니다.

드디어 그놈에게 놓여나 갑자기 어쩔한 평온이 찾아왔을 때, 그놈이 무엇이었는지 어렴풋이 알게 되었습니다. 도중에 누굴 만났는지 무슨 일이 벌어졌었는지도 희미하게 알 것 같았습니다. 하지만 그땐 이미 더이상 그놈이 뭔지를 아는 게 아무런 의미도 없을 때였습니다. 더이상 이 세상을 기억할 수 없는 순간이 온 것이기 때문입니다.

죽음과 악수하기

죽음이 아주 작은 손을 비죽 내밀었을 때, 살짝 그의 손을 잡았습니다. 냉기가 손끝을 타고 전신에 퍼져왔습니다. 그의 눈을 똑바로 쳐다보았지만 아무것도 볼 수 없었습니다. 그의 깊게 뚫린 눈은 텅 비어 있었습니다. 처음이자 마지막일 것 같은 순간, 나는 그의 손을 가볍게 흔들어 최소한의 예의를 갖추고자 했습니다. 그러자 그는, 모든 게 장난이라는 듯이, 키들거리며 웃기 시작했습니다. 덜그럭거리는 그의 웃음소리를 듣는 게 썩 기분 좋은 일이라고 말할 수는 없었습니다. 내가 얼른 손을 뿌리치자 그는 벌컥 화를 냈습니다. 다시는 그의 손을 먼저 잡을 생각은 하지 않기로 했습니다.

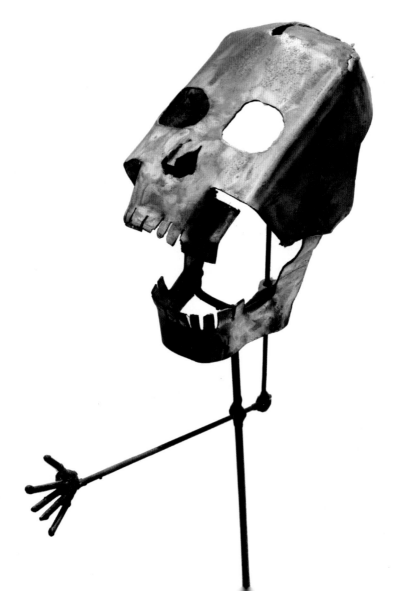

마당에 내려서 숲을 바라본다. 숲을 바라보는 것은 아직 펼쳐지지 않은 책의 표지를 보는 것과 같다. 책을 펼치면 이야기가 시작되듯이 숲에 들어서면 수많은 이야기들이 펼쳐진다. 나무와 벌레들이 살아가는 숲에는 인간의 질서와 법칙이 적용되지 않는다. 질서와 법칙이 있다면 그건 자연의 질서와 법칙이다. 가끔 인간이 자연의 법칙을 흉내내기도 하지만 여전히 그곳은 인간의 현실이 아닌 자연의 현실이다.

그리고 숨은 이야기

나무의 물리에 쏠려 있는 목수가 도달하지 못하는
수많은 영역들이 있다. 모든 직업과 마찬가지로
한 가지 직업이 쌓은 세월은 깊이가 아니라
협소함으로 드러난다. 목수의 시간은 상상의
영역을 저만치 밀어버렸고 기능과 쓰임에 충실한
나머지 그밖의 모든 쓰임들은 장식적이거나
부차적인 것으로 전락시켰다. 합리적이거나
논리적인 절차, 이를테면 치밀한 계산과 구조에
대한 기계적 이해, 원리에 대한 과학적 접근 역시
몸에 밴 경험의 범주에 가두어버렸다.
기능의 쓸모를 버리고 유희의 쓸모 혹은 미학적
쓸모를 찾는 동안 여기저기 뚫린 구멍이 드러나기
시작했다. 나무를 깎아 톱니바퀴를 만들고
기계장치를 설계하고 재고 자르고 조립하는 동안
체계적이고 논리적인 지식의 영역은 빈자리를
메우느라 급급했고, 나무를 깎아 이야기를 엮는
동안 감각적이고 자유분방한 상상의 영역은
곳곳에서 벽에 부딪혔다. 그럼에도 논리적이고
수학적인 계산은 감으로 바꿔버리고, 감각적
섬세함은 물리적 기능으로 대체하며, 상상의
자유로움을 경험의 차원으로 끌어내리려는 몸에 밴
버릇은 도무지 벗어버릴 수가 없었다.

골기

깎아낼수록 드러나는 나무의 속살처럼.

늙은 수리

그렇습니다. 한때는 노도처럼 바람을 타고 올라 하늘 끝까지 오른 적도 있었습니다.
날개에 햇빛을 가득 실어 저 멀리 만년설이 뒤덮힌 산꼭대기에 옮겨놓기도 했지요.
세상의 끝은 그 어디건 언제나 발아래 있었습니다.

거침없이 오른 절벽 위에서 저 아래 세상을 굽어본 적이 있었노라고,
들판을 쏜살같이 스치며 낚아올리지 못할 게 아무것도 없었노라고,
하늘 끝까지 내달리며 태양과 겨룬 적도 있었노라고 말해봐야
이젠 들어주는 이 아무도 없습니다.

검고 단단한 깃이 하나둘씩 빠져버리고
소용돌이 바람에 맞서던 어깻죽지가 더이상 버텨낼 수 없었을 때,
땅으로 곤두박질치던 아득한 그 순간을 기억합니다.
세상의 끝은 저 멀리 있는 것이 아니라 바람에 흩어지는 깃털 속에 있다는 걸
그때는 알지 못했습니다.

알았대도 어찌할 수는 없었겠지요.
시간이 흐른 뒤에야 알게 되는 것이 있다는 걸 알 수 있을 때는 따로 있는 법이니까요.

209

물고기에 매달린 여인

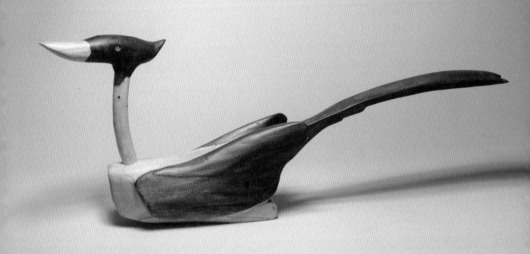

꼬리 긴 새

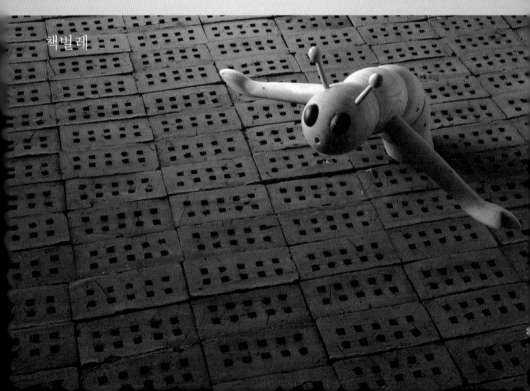

책벌레

항해

213

기타 만드는 사람들

　기타를 치며 노래를 부르는 것도 즐거울 수 있지만 기타를 만드는 일도 즐거울 수 있습니다. 일한 만큼 누군가 즐거울 수 있다면 그만큼의 즐거움이 또 만들어질 테니까요. 단지, 딱 일한 만큼의 한 달치 월급이 꼬박꼬박 나올 수 있다면 말입니다. 사장이 돈 떼먹고 도망가지 않는다면 말입니다. 멀쩡한 회사를 닫아걸고 저 멀리 도망쳐 새 공장을 짓지 않는다면 말입니다.

바보새

입 큰 물고기

우주모선

바닷가 나무토막

바닷가 모래밭에는 파도에 떠밀려온 나무들이 널려 있죠.

그중 아무거나 하나를 주워 이곳저곳 살펴봅니다.

어쩌면 하나같이 그렇게 모지게 생겨먹었을까요.

소금에 절어 푸석푸석하지만 썩지 않고 용케 남아 있는 나뭇조각에

그동안 무슨 일이 일어났는지 다 알 수는 없는 일입니다.

그리고 앞으로 무슨 일이 일어날지 그것도 알 수 없겠지요.

새로운 팔과 다리와 몸체가 생겨도 그 언젠가는 과거의 모습으로 되돌아가겠지요.

우리 모두가 그런 것처럼 말입니다.

223

고집 센 염소

흔들리는 새

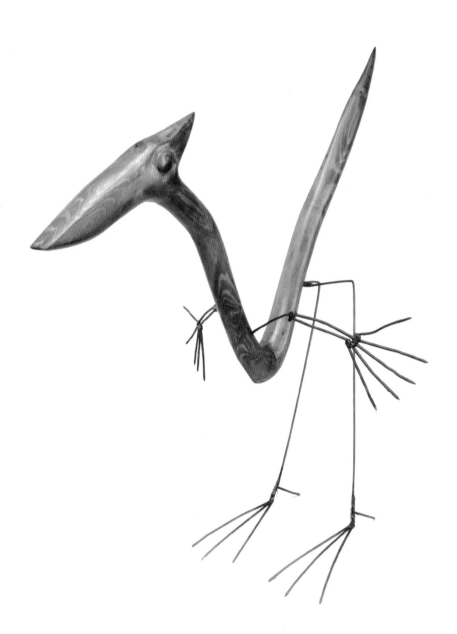

알을 품은 새

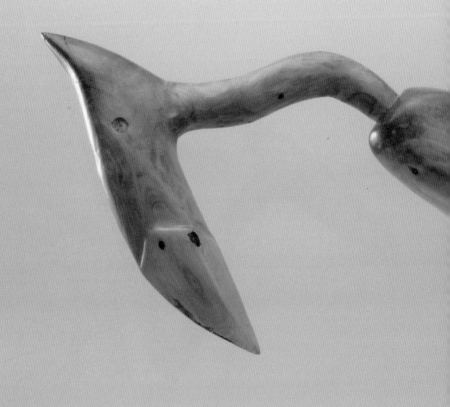

아르마딜로

아르마딜로, 천산갑. 세상에는 이런 멋진 이름을 가진 동물도
있습니다. 아르마딜로라! 이탈리아 뒷골목에 사는 꼬마 아이 이
름 같기도 하고 페루 안데스 산골짜기에 사는 인디오 원주민 이
름 같기도 합니다. 아르마딜로! 하고 부르면 어느 골목에서 예!
하고 대답하며 튀어나올 것 같습니다. 천산갑은 어떻구요. 아마
이런 거창한 이름을 가진 이는 삼천갑자 동방삭 정도일 겁니다.
어쩌다 이런 멋진 이름을 갖게 되었는지 내막을 알 수 없지만 아
마 아르마딜로의 삼촌이 동물학자였을 것이 틀림없습니다. 그런
데 이름과 달리 생김은 좀 그렇지요. 잔뜩 웅크리고 있을 때는 잔
디밭에 굴러다니는 가죽공과 구분이 되지도 않습니다. 먹는 것도

그렇습니다. 기껏 뾰족한 주둥이로 흙 속의 지렁이나 벌레를 잡아먹는 모습을 우아하다고 말할 수는 없겠지요. 이름값을 하려면 적어도 쇠붙이쯤은 먹고 살아야 하지 않겠습니까? 그런 아르마딜로가 있긴 했습니다. 공사판에 어슬렁거리며 돌아다니다가 여기저기 흩어진 콘크리트 핀을 주워먹는 천산갑이었지요. 쇠붙이를 먹고 사는 아르마딜로! 녀석의 피부는 더 단단해지고 다리는 더욱 민첩해졌습니다. 한번 웅크리고 몇 번 땅에 구르기만 하면 반들반들 윤이 났지요. 그뿐인가요. 밤이면 온몸에서 불을 뿜었습니다. 이 정도는 되어야 아르마딜로, 그 이름값을 하는 녀석이라고 할 수 있을 겁니다.

땡중

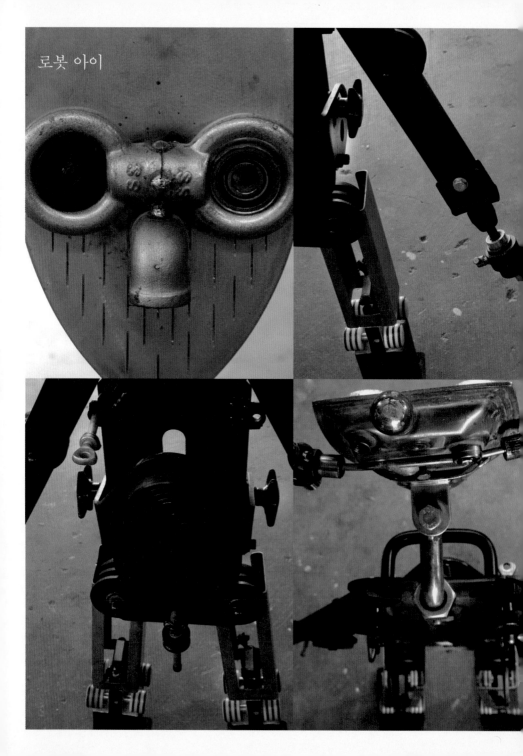

로봇 아이

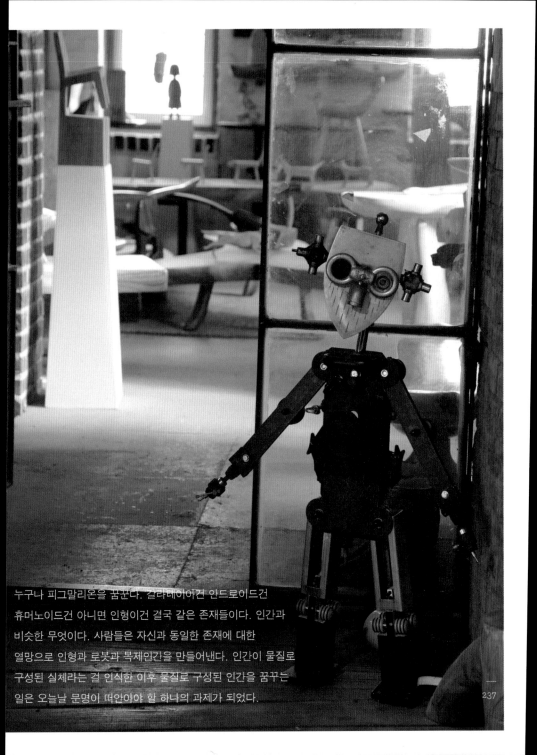

누구나 피그말리온을 꿈꾼다. 갈라테이아이건 안드로이드건
휴머노이드건 아니면 인형이건 결국 같은 존재들이다. 인간과
비슷한 무엇이다. 사람들은 자신과 동일한 존재에 대한
열망으로 인형과 로봇과 복제인간을 만들어낸다. 인간이 물질로
구성된 실체라는 걸 인식한 이후 물질로 구성된 인간을 꿈꾸는
일은 오늘날 문명이 떠안아야 할 하나의 과제가 되었다.

번데기 우주모함

그때, 거대한 항공모함이 서서히 내려앉기 시작했습니다. 수직으로 곧장 하강하더니 몸체에서 다리가 내려와 부드럽고 우아하게 착륙했습니다. 아래 문이 열리고 번데기들이 하나씩 굴러떨어지기 시작합니다. 하나, 둘, 셋, 넷, 다섯…… 끝도 없이 내려왔습니다. 그들은 시간의 강을 지나는 광속의 고속도로를 타고 오느라 고치 상태로 여행을 했던 것 같습니다.

메뚜기 우주화물선과 사마귀 우주선은 이미 도착해 있었습니다. 하지만 아시다시피 메뚜기들과 사마귀들, 그리고 달팽이와 벌들은 착륙하자마자 그들의 동료를 찾아 숲으로 들어가버렸습니다. 지구의 상태가 심상치 않다는 걸 눈치챈 것이지요. 전 우주 생명 총회가 열리는 지구가 오염되어버렸다는 사실을 지구인이 숨기고 있다는 사실이 속속 밝혀졌습니다. 지구인들이 회의를 빌미삼아 모든 우주 생명을 말살하려는 계획을 세우고 있는 게 틀림없는 일이었습니다.

당혹스러운 것은 지구인들이었습니다. 열렬한 환영행사를 준비하고 있던 지구인들은 외계의 생명들이 왜 도착하자마자 숲으로 도망가는지 이해할 수 없었습니다. 지구인들은 예기치 못한 사태를 수습하기 위해 동분서주했지만 우주여객선들은 도착하자마자 다시 이륙하거나 공중선회를 하며 여차하면 전쟁을 선포할 기세였고 그나마 멋모르고 착륙한 외계생명들은 지구 곳곳으로 흩어져 무장을 하기 시작했습니다.

사태는 더욱 악화되었습니다. 이제 우주에서 가장 큰 은하군단의 번데기들이 단단한 고치를 뚫고 나와 오염된 지구의 공기를 마시는 순간 무슨 일이 벌어질지는 아무도 예측할 수 없었습니다.

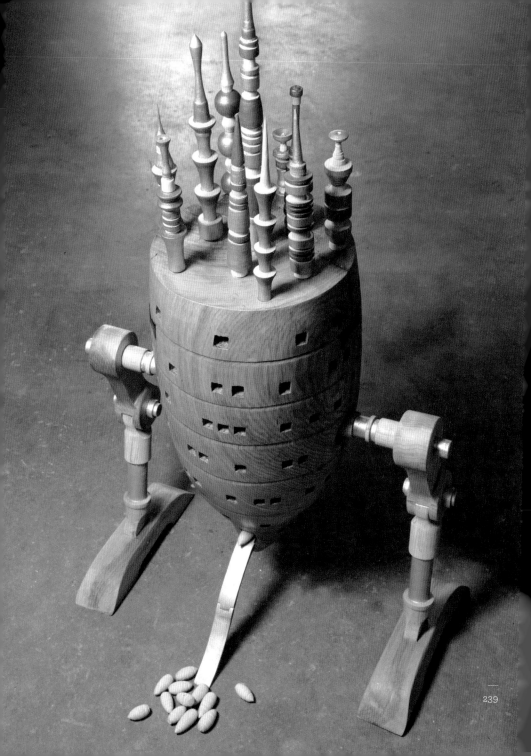

쇠붙이

모든 단단한 것에 대한 경배를!

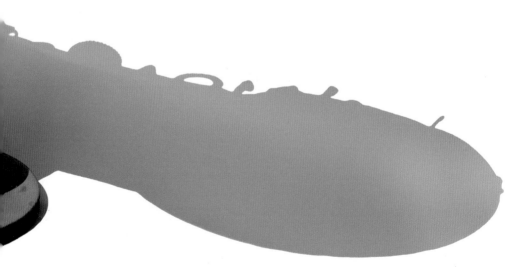

알을 낳은 새

자연을 모사하는 일은 너무 쉽게 다가오고 너무 어렵게 끝난다. 인간이 만든
생산물의 많은 것은 자연에서 얻어진 것이다. 형태나 소재뿐 아니라 자연이
들려주는 이야기들이 거기에 담긴다. 때로는 그저 자연의 일부를 그림으로
그리거나 사진으로 담아내거나 조각으로 만든 것조차 사람들은 기꺼이 시선을
던진다. 아프리카 초원에 누워 있는 사자, 수풀이 가득한 호수의 풍경, 거대하게
그려진 꽃잎, 매끈하게 조각된 물고기. 자연은 가장 상투화된 예술의 대상이지만
자연 그 자체가 지니는 무한한 상상의 세계를 꿈꿀 수 있기에 자연은 끊임없이
묘사되고 또 모사된다.

개와
의자
이야기

의자는 오로지 개와 어떻게 닮을 수 있을까만
골몰했다. 의자는 아직 개처럼 뛰어다닐 수도 없었고
꼬리를 흔들 수도 없었다. 그렇다고 의자가 좌절만
했던 것은 아니다. 개처럼 폴짝거리고 싶었던 의자는
발바닥을 둥글게 붙여 앞뒤로 몸을 흔들었다. 흔들리는
의자는 마치 개가 뛰어다니는 것처럼 보이긴 했다.
주인의 곁에 졸졸 따라다니는 게 부러웠던 의자는
발바닥에 바퀴를 달았다. 덕분에 인간은 엉덩이를
떼지 않은 채 의자를 끌고 다닐 수 있었다. 의자가 더
간교하고 영악스럽게 자신을 변화시킬 때마다 인간은
거기에 몸을 맞추며 즐거워했다. 그 뒤로도 의자와
개는 인간과 더불어 수많은 진화의 과정을 거쳤다.
의자는 개의 행동 양식을 닮아 진화했고, 인간은
의자의 모양에 따라 행동했으며, 개는 또 그런 인간을
따라하는 그런 식이었다.
어느 틈엔가 개는 도저히 의자의 진화 속도를 따라잡지
못했다. 개가 인간의 손에 몸을 내어주며 기껏 수백
가지의 변종으로 진화한 반면 의자는 수천수만 가지로
진화하고 있었다. 수만 가지에 이르는 변종과 이종의
습성을 가진 인간을 모방한 결과였다.
—— 장 그노스, 『인간과 사물의 기원』

의자, 개에게 말하다

현관문이 닫히고 자동 잠금장치가 삐릭 하는 소리를 내며 걸리자 개는 좌우로 흔들던 꼬리를 멈추었다. 그리고 고개를 숙이고 천천히 거실 복판으로 걸어와 방금 주인이 앉았던 빈 의자 앞에 멈추어 섰다. 그때, 의자가 다리를 곧게 펴고 허리를 돌려 개를 향해 말하기 시작했다.

"거기 앉아. 그래 주인님 배웅은 잘 하셨나? 그렇게 쓸쓸한 얼굴 할 필요 없어. 네가 혼자 되었다고 갑자기 외로워진 건 아니잖아? 내가 있잖아. 뭘 어떻게 할 수 있는 건 없지만 말이야. 너를 데리고 산책을 나갈 수도 없고. 그저 이야기나 계속하자는 거지. 우리 어디까지 이야기했더라. 맞아. 너를 처음 만난 그때를 말하고 있었지. 네가 처음 나에게 왔을 때 아니 이 집에 왔을 때 너는 정말 귀여운 장난꾸러기였어. 천방지축 아무 데나 뛰어오르고 여기저기 실례를 하고 눈에 보이는 것마다 물어뜯고…… 덕분에 내 다리가 멀쩡할 날이 없었지. 네 튼튼한 이빨을 만든 팔 할은 내 덕인 건 알고 있지? 아, 그렇다고 나무라는 건 아니야. 그저 그렇다는 것뿐이지. 정말이지 옛날 생각 나는군. 네가 기억할 수 없는 아주 옛날 말이야. 아마 네가 들으면 깜짝 놀랄 일들이 일어났던 그 순간들. 늑대가 개가 되고 나무토막이 의자가 되던 그 순간들 말이야.

생각해보면 너와 나는 같은 운명을 타고 났다고 할 수 있어. 그렇게 오랫동안 서로를 미워하면서 말이지. 아, 네가 나를 미워했다는 뜻은 아니야. 사실, 내가 널 싫어했던 것도 아니고 다만, 왜 그런 거 있지 않아? 서로 미워하지 않아도 미워해야 하는 그런 관계. 어쩔 수 없는 운명이라고 말할 수밖에 없는 그런 사이. 너는 받아들이고 싶지 않겠지만 너와 나는 처음부터 그런 관계였다고. 내 말 무슨 말인지 알겠어? 하긴 네가 알 리가 없지. 넌 한 번도 이 일에 관해 심각하게 고민해본 적도 없었으니까 말이야. 그런 데 그거 알아? 그게 날 더 미치게 만들었다는 거. 그렇게 나는 정말 아무것도 몰랐어 하는 눈으로 순진한 표정을 짓는다고 사정이 달라지지는 않아. 정말 넌 알지 못했을 거야. 그건 나도 알아.

한 가지만 물을까? 세상에서 사람과 가장 가까운 동물이 뭔 거 같아? 당연히 너지, 안 그래? 개 말고 인간과 더 가까운 동물 있으면 나와보라고 그래. 없지? 그럼 세상에서 인간과 가장 가까운 존재가 뭔 거 같아? 잘 모르겠다고? 바로 그거야. 너는 항상 너만 생각하고 있어. 네가 인간과 가장 가깝다는 것 말고는 도무지 아무런 관심도 없지. 그저 사람을 보면 꼬리를 살랑대는 거 말고 할 수 있는 건 아무것도 없는 멍충이 같으니라고. 그런데도 너하고는 말이 통한다고 생각하는 인간들이 그렇게 많다는 건 도무지 이해가 안 가. 제발 너만 생각하지 말고 주위를 좀 둘러봐. 뭔 거 같아? 주인과 늘 붙어다니는, 아니 가끔 집에 찾아오는 그 말라깽이 아줌마 말고. 물론 나도 그 여자를 좋아해, 매력적이고 우아하지. 그녀에게서 나는 부드럽고 향긋한 향수 냄새도 나쁘지 않아. 조심스럽고 남을 배려할 줄 아는 괜찮은 여자야. 늘 우리에게도 친절하지. 그래 그 아줌마하고 또, 좋아, 너를 빼고 말이야. 주인이 책상 위에 놓고 매일 토닥거리는 노트북인가? 아니면 화장실에서 매일 아침저녁으로 치카치카 하는 칫솔인가? 아니면 밖에 나갈 때마다 목에 두르는 목도리? 그거야? 아니지? 그 목도리는 그 예쁜 아줌마가 사다준 거고, 그래서 아마 짐작컨대 그녀를 만날 일이 없으면 장롱 속에 처박혀 있을걸.

아! 이제 제대로 생각을 하는군. 맞았어. 바로 나야. 의자 말이
지. 사람들이 이 세상에서 태어나 가장 가까이 하는 존재가 바로
나라고. 잘 생각해봐. 주인님이 일어나서 나가기 전까지 어디 앉
아 있었지? 그리고 집으로 돌아와 어디에서 가장 많이 있었지?
밖에 나가서 그녀를 만나 커피를 한잔하고 서로 눈웃음치면서 즐
거워할 때 어디에 앉아 있을 것 같아? 아침에 현관문을 열고 차에
오르면 도대체 어디에 앉아서 가야 할까? 그리고 출판사로 가서
그 거만하고 콧대 높은 편집장하고 마주앉아 글의 짜임새가 허술
하다느니 심리적인 묘사가 덜 되었다느니 하는 말에 자존심을 구
기고 대꾸할 말조차 찾을 수 없을 때 그 자리를 박차고 나오기 전
까지는 아마 의자에 앉아 있어야 할걸. 자 이제 알겠지? 바로 네
가 아니고 나라는 사실을 말이야. 그렇다고 주눅 들 필요는 없어.
다시 말하지만 사람과 가장 가까운 동물은 누가 뭐래도 바로 너란
사실은 달라지지 않아. 그걸 부인할 정도로 내가 어리석지는 않

지. 그래. 너와 나는 세상의 그 무엇보다 인간과 가까운 유일한, 아니 유이한 존재지. 그게 너와 내가 같은, 아니 비슷한, 아니 비슷하다고는 말할 수 없지만 어쨌든 유사한 운명을 갖게 된 이유라는 걸 이해하겠어?

언젠가 주인이 그런 말을 했어. 개와 의자의 역사가 시작된 이후 의자는 개를 닮고 싶어했다고…… 나도 그 말을 처음 들었을 때 무슨 뜻으로 그런 말을 하는지 몰랐어. 개의 역사, 그건 개의 역사지. 의자의 역사? 그건 의자의 역사고. 그런데 의자가 개를 닮은 진화의 역사를 가지고 있었다고? 내가 너를 닮고 싶었다고? 네가 나를 닮고 싶었던 게 아니고? 그건 정말 자존심 상하는 발언이었어. 정말 화가 많이 났지만 그 말을 듣고 속으론 조금 놀랐어. 그 말이 아주 틀렸다고는 할 수 없었거든. 내가 너를 닮고 싶어했다는 말은 맞아. 하지만 그건 너와 나의 역사가 시작된 그 순간부터는 아니었어. 그건 분명해.

인간들은 도저히 받아들일 수 없겠지만 정작 비슷한 건 의자와 개가 아니라 개와 사람이라고 할 수 있어. 적어도 의자보다는 그렇다고 할 수 있지. 개와 인간은 너무 흡사해서 마치 처음부터 같은 어미에서 태어난 다른 자식처럼 보일 때가 있다니까. 서로 만나면 좋아 죽다가 어느 순간 으르렁거리며 싸우는 것도 그렇고, 먹을 거라도 생기면 물불 안 가리고 달려가는 것도 그렇고, 기분이 좋을 때 겅중거리며 뛰어다니는 것도 그렇고, 혼자 있으면 안절부절 도저히 견디지 못하는 것도 그렇고, 그렇다고 여럿이 있으면 편을 갈라 서로 잡아먹지 못해 안달하는 것도 그렇고. 이걸 말하자면 한도 끝도 없어. 그래서 너희 둘이 그렇게 수천 년 아니 수만 년 동안 붙어다닐 수 있었을 거야. 그건 정말 부러운 일이 아닐 수 없지. 그러니 내가 너를 닮고 싶었다는 것을 부인할 수 없어. 사실을 말하면 네가 아니라 사람이지만. 어쨌든 사람과 비슷한 너라도 닮아야 했으니까. 너와 나는 인간과 가장 가까운 존재들이지만 너는 인간과 닮았고 나는 그렇지 않다는 게 속상했지. 그래 그게 내 컴플렉스라고 말해도 할 말은 없어. 한동안 아니 아주 오랫동안 그 사실이 나를 괴롭혔지. 너와 나 둘 다 똑같이 인간에게 가장 가까운 존재이면서 서로 적대적인 관계를 가져야 하는 것, 이게 너와 나의 운명이었지. 물론 너의 입장에서 보자면 그건 좀 억울한 말이긴 해. 어쩌면 내가 일방적으로 갖게 된 피해의식이었을지도 몰라. 하지만 이젠 아니야. 그럴 이유가 없다는 걸 알게 되었으니까.

너와 인간이 다른 게 하나 있었어. 아주 결정적으로. 그게 뭔 줄 알아? 그건 바로 너희들과는 달리 인간들이 두 발로 걷는다는 것이지. 사람들이 어째서 그렇게 우스꽝스러운 모습을 하게 되었는지, 그건 신만이 알겠지. 하지만 그건 나에게 축복이자 행운이었어. 만일 인간들이 네발로 뛰어다녔다면 너와 인간은 더 가까운 사이가 되었을 거야. 아니 가깝다 못해 둘이 하나가 되었을지도 몰라. 나는 아직도 그렇게 붙어다니는 너희 둘이 하나의 종으로 진화되지 않은 게 신기해. 개인간 아니면 인간개 그런 종으로 말이지.

인간들이 두 발로 걷는다는 걸 다행으로 생각하는 게 나 혼자만은 아니었지. 누구냐고? 바로 너. 바로 너지. 개가 인간들에게 우월감을 가질 때는 오직 네가 네발로 뛸 수 있는 순간뿐이잖아, 안 그래? 들판을 달릴 때 너에게 뒤처지지 않는 인간은 하나도 없어.

그가 누구든 너는 횡하니 앞으로 달려가서는 마치 자비를 베풀 듯 저만치 앉아서 기다리지. 그때마다 숨이 턱밑까지 올라온 인간을 보고 네가 한심한 표정을 짓는다는 걸 나는 알아. 인간들은 두 개만 남은 다리로는 도저히 너를 따라잡을 수 없다는 걸 알고 좌절했을 거야. 어쩌면 개와 인간이 붙어다니는 이유가 그 때문인지도 모르지. 아마 인간이 두 다리로 달리지 않았다면 그리고 네가 그들의 한심한 걸음걸이에 연민의 정을 느끼지 않았다면 너희 둘 사이는 벌써 멀어졌을지도 모르지.

아무튼 두 발로 걷는 어정쩡한 동물에게는 네가 가지지 못한 게 있었으니 그게 바로 손이었지. 바람처럼 달리지 못한 대가로 얻은, 기다란 발가락을 가진 못생긴 앞발 말이야. 덕분에 인간들은 점점 개처럼 들판을 달리는 대신 앉아서 손으로 꼼지락거리는 걸 더 좋아하게 되었지. 앉아서 말이야, 앉아서! 내가 말하고 싶었던 게 바로 그거야. 앉아서. 인간이 걸을 때는 너와 함께 있기를 더 좋아해. 앉을 때는 당연히 나와 함께 있기를 더 좋아하고. 너는 주인이 일어나 걸음을 옮기려는 눈치가 보이면 쪼르르 달려와 그 옆에 서지. 나는 인간이 앉으려 하면 재빨리 자리를 잡고 있어. 인간과 함께 걸을 때 너는 더 너다워질 수 있고, 인간이 앉아 있을 때 나는 더 나다워질 수 있어. 그러니 너와 내가 서로 가까운 사이일 수는 없었던 거지. 그럼에도 불구하고 우리가 이렇게 늘 붙어 있을 수 있다는 건 둘 다 인간에게 절대적인 존재이기 때문일 거야. 그래서 너와 내가 비슷하지만 어긋난 운명을 지니게 된 거고.

물론 앉을 수 있는 게 인간만은 아냐. 너도 앉아 있을 수 있지. 주인이 앉아! 그럴 때마다 너는 뒷다리를 구부리고 엉덩이를 바닥에 대는 자세를 취하잖아. '앉아서'의 문제는 그걸 할 수 있고 없고의 문제를 말하는 게 아니라 왜 그런 자세를 하게 되었는지의 문제지. 뭔 말이냐고? 하긴 네가 이런 심오한 논리를 이해할 수는 없겠지. 너는 앉아 있는 순간에도 그저 주인의 손바닥에 놓인 사료 몇 알만 머릿속에 두고 있었을 테니까. 인간이 앉아 있는 이유가 뭐겠어? 쉬려고? 맞아. 서 있는 게 힘들어서? 그건 같은 말이잖아. 그거 말고. 모르겠어? 조금 전에 말했는데? 바로 손을 쓰기 위해서지. 손을 쓰기 위해서 앉는 거지. 알아듣겠어? 이게 중요하냐고. 이건 정말 중요한 말이라고. 왜 그런지 말해줄까? 너를 봐! 네가 앉을 때 손을 쓰기 위해 앉아? 아니지. 네가 앉아서 손 쓸 일은 기껏 주인이 손! 하고 말하면 앞발을 하나 내미는 거 말고 다른 거 뭐 있어? 없지? 그러니까 내 말은 앉아 있다고 다 앉아 있는 게 아니란 말이지. 인간과 네가 다른 점은 바로 그거야. 네발로 걷는가, 두 발로 걷는가가 아니라 남은 두 발로 할 수 있는 게 뭐냐는 거지. 그리고 바로 그 두 손을 쓰기 위해 앉을 수 있는가 없는가 하는 것이지.

뛰거나 걸어다니면서 손을 쓸 일은 거의 없잖아. 물론 서 있을 때도 손을 쓸 수 있어. 아주 옛날 인간들은 서서 손을 쓸 때가 훨씬 더 많았지. 나무 위의 열매를 따거나 매머드를 향해 창을 던져야 할 때는 서 있을 수밖에 없었지. 그들은 앉아 있을 틈도 없었던 불쌍한 원시인들이었어. 끊임없이 돌아다니며 입에 넣을 걸 찾아야 했으니까. 그들 옆에 네가 있었는지는 몰라도 나는 아니었지. 하지만 그들도 정말 손을 써야 할 때는 어디 쭈그려앉을 수밖에 없었지. 힘들여

따온 열매의 껍질을 벗기거나 나뭇가지에 돌을 묶어 창을 만들 때
는 아주 신중히 두 손을 써야 하고 그러려면 앉을 수밖에 없었어.
그때 인간들은 문득 깨달은 거야. 아, 나는 어설픈 다리로 여기저
기 돌아다니는 게 아니라 쭈그려앉아 있어야 하는 팔자구나 하고
말이지. 인간의 역사에서 수렵, 채취의 시대가 끝나고 정착의 시
대를 맞이하게 된 건 바로 서 있기보다 앉아 있기를 원해서였지.
그 뒤로 '앉아서'의 역사가 시작되었어, 지금까지. 그게 인간의
역사지. 이젠 이해가 되지?

　거기까지 알아들었으면 이젠 앉아 있다고 다 앉아 있는 게 아니
란 말도 이해할 수 있을 거야. 앉아 있는 거에도 여러 가지가 있
거든. 너처럼 엉덩이를 땅에 대고 두 발로 받치고 있을 수도 있
고, 무릎을 잔뜩 굽힌 채 쪼그려앉을 수도 있지. 그리고 마지막으

로 이건 정말 중요한 일인데, 어딘가에 슬쩍 엉덩이를 걸치고 다리로 중심을 잡으며 앉을 수도 있어. 이건 앉아 있기의 역사에서 획기적인 변화였지. 그리고 그 진화의 고리를 이어주는 존재가 등장했으니 그게 바로 나, 의자였지. 이왕 말한 김에 한 가지 더! 쪼그려앉는 것과 걸터앉는 것의 차이는 뭘까? 그건 손을 어떻게 쓰는가에 따라 달라지지. 치밀하고 정교한 일을 오랫동안 할 수 있으려면, 말하자면 낚싯바늘에 구멍을 뚫거나 실을 엮어 옷감을 만들 때는 쪼그려앉아서는 무지 힘들어. 아! 너는 그런 일을 보지 못했으니까 다른 예를 들어야겠군. 주인이 종이 위에 뭔가를 쓸 때 바닥에 쪼그려앉아서 하는 거 봤어? 맞아! 인간은 매우 중요한 일을 할 때는 반드시 의자에 앉아서 한다는 거지. 그러니까 에, 아주 어려운 말로 하자면 인간의 역사와 문명의 과정을 볼 때 의자에 앉는다는 행위는 다른 무엇보다 진화의 결정적인 요인으로 작용했다는 말씀이야. 그리고 오늘날 의자에 앉을 수 있는가 없는가 하는 문제가 인간의 모든 사회적이고 정치적이고 경제적이고 문화적인 문제의 핵심으로 자리잡고 있다는 말이지. 그리고 바로 나, 의자가 그 중심에 놓여 있다는 사실. 이건 정말 아무도 부인할 수 없는 사실이지. 여기까지, 아니 방금 한 말 빼고는 다 알아들었지? 누워서도 손을 쓸 수 있지 않느냐고? 이런 바보 같으니. 그럴 일은 거의 없어. 인간이 누워서 손을 쓰는 일은 밤에 옆에서 자는 배우자를 더듬을 때뿐이잖아. 그런 걸 꼭 말해야 돼?

  이런 이야기를 비슷하게 했던 사람이 있어. 바로 우리 주인님 말이야. 장 그노스 박사. 그가 언젠가 너와 나의 역사에 대해 발표했던 거 본 적 있어? 보지 못했다고? 너는 '책상 위의 세계'

에 대해서는 도무지 관심이 없었으니까 당연한 일이지. 아니 너는 그런 세계가 있다는 것조차 상상한 적이 없을 거야. 그 '책상 위의 세계'는 네가 겪은 일들의 수만 아니 수십억 가지보다 더 많은 일들이 일어나는 곳이지. 그것을 알지 못하면 인간에 대해서 알고 있다고 말할 수 없어. 언제 기회가 닿으면 주인에게 한번 물어봐! 그 책상 위의 세계에서 도대체 무슨 일이 벌어지고 있는지. 나도 거기에 대해서라면 아는 게 그리 많지 않아. 아무튼 거기서 벌어진 일들 중에 우리의 친애하는 박사님이 『개와 의자의 기원』에 대해 설파한 기록이 남아 있어. 그곳에서 그는 정말 깜짝 놀랄 만한 주장을 한 거야. 개와 의자의 역사가 시작된 이후 의자는 개를 닮고 싶어했고 그 결과 다리 하나로부터 네 개까지 진화할 수 있었다고. 인간들이란 역시 놀라워. 그걸 발견해낸 걸 보면 말이야. 그건 다 책상 위의 세계가 있기 때문이지. 하지만 인간 역시 인간의 눈으로밖에는 세상을 보지 못해. 우리 주인님 장 그노스 박사도 예외는 아니지. 그는 의자의 진화 과정을 정확하게 짚어냈지만 그의 시각은 인간의 눈에 머물고 말았어. 의자가 개를 닮고 싶어했다고 말함으로써 마치 너와 나, 바로 개와 의자의 관계에 대해 알 건 다 안다는 걸 과시하려 했지. 인간이란 그 자신을 포함해 지상에 있는, 아니 땅속 깊은 지하 세계건 저 하늘 밖의 공간이건 모든 것에 대해 낱낱이 알고 있다는 자부심으로 살아가는 동물이지. 하물며 그의 주변에 있는 너와 나 같은 존재들의 내면의 관계마저 다 알고 있다고 생각해. 하지만 이건 인간들의 착각이거나 아니면 자신들이 조작한 결과이기도 해.

뭔 말이냐고? 너 옛날 생각 안 나? 네가 처음 집으로 와 얼마 안 있어 너에게 목줄을 걸어놓았을 때 말이야. 주인님은 어느 날 외출하기 전에 너의 목에 단단한 가죽띠를 걸고 끈을 달아 내 다

리에 묶어놓았지. 그리고 너의 귀에다 대고 이렇게 말했을 거야.
"잘 지켜야 한다. 누가 훔쳐가지 않게." 너는 바보같이 하루종일
내 주위를 빙빙 돌며 나를 감시했지. 그때부터 이제까지 너는 스
스로 주인의 충직한 하인이라는 자부심으로 살아왔을 거야. 정말
우스운 일이지. 그때 네 귀에다 대고 그렇게 속삭이기 전에 주인
이 나에게는 뭐라고 했는지 알아? 주인은 내 다리에 줄을 묶으며
이렇게 말했어. "잘 붙들고 있어야 한다. 어디 도망 못 가게!"

　참으로 교활한 게 인간들이지. 그래놓고는 개와 의자의 관계를
말하다니! 처음엔 나도 깜빡 속을 뻔했어. 너한테 한 말 다르고
나한테 한 말 다른 거 그건 인간이 항상 저지르는 행동이야. 언제
나 그래. 인간들은 자신의 이익 앞에서 언제든 말을 바꾸지만 바
로 그것 때문에 치명적인 상태에 빠지게 된다는 걸 알지 못해. 의
자에 관해서도 그래. 의자가 뭐야? 정말 단순한 사물이지. 인간

들은 의자가 그저 자신들의 냄새나는 엉덩이를 받쳐주는 물건이
라고 생각하지. 뭐 틀린 말은 아니지만 의자 때문에 인간의 역사
가 바뀌고 있다는 사실을 인간들은 알지 못하고 있어.

　사람들은 의자를 발견하고 나서, 그건 발명이 아냐 발견한 거
지, 아무튼 행복했지. 장 그노스 박사의 말대로 의자의 역사가
시작되면서 인간들의 사물 의존증이 나타나기 시작한 건 틀림없
는 사실이야. 만일 의자가 없었다면 사물 의존증이 뭔지도 몰랐
을 거야. 하긴 지금도 그 말이 뭘 의미하는지 모르는 인간들이 태
반이지만. 내가 다리 하나에서 네 개까지 진화할 수 있게 된 결정
적인 요인이 바로 그거였어. 하나에서 둘로 둘에서 셋으로 그리
고 마지막으로 셋에서 넷까지 진화하면서 인간의 사물 의존심리
가 나의 DNA를 변화시켰지. 뭐 인간들은 사물 의존증을 의지라
고 말하기를 더 좋아하지만, 어쨌든 인간의 의지가 사물의 변형

을 가져오는 것. 그게 모든 사물의 진화 과정이지. 하지만 그게 일방적으로 진행되는 것은 결코 아니야. 인간은 자신의 뜻대로 사물을 조작하는 것처럼 보이지만 어느 순간 사물이 인간의 심리를 바꾸어놓기도 해. 그건 예쁜 아줌마를 봐도 알 수 있지. 주인님이 주얼리숍에서 이렇게 저렇게 세세하게 설명하고 주문해 만든 목걸이가 아줌마의 그 희고 가느다란 목에 걸렸을 때 아줌마는 주인의 마법에 걸려드는 거지. 그 아줌마가 전에는 늦은 저녁이 되면 자기 집으로 가지 못해 안달했지만 이제는 하룻밤을 함께 보내기도 하잖아? 목걸이가 아줌마의 마음을 바꾸어놓은 게 틀림없지. 인간과 사물의 상호작용은 이처럼 그 어떤 진화론보다 복잡해. 개체의 진화만을 말해서는 설명이 안 되는 부분이 너무 많거든. 이런 말은 너에게 너무 어렵지? 하지만 너도 마찬가지야. 개의 진화는 인간의 옆에 없었다면 결코 오늘날의 모습으로 되지 않았을 거야. 숲속의 늑대들은 여전히 품위 있고 당당한 모습이지만 불과 몇천 년 동안 형편없이 달라진 너희들의 모습을 보라고. 어떤 놈은 늑대들이 공깃돌처럼 가지고 노는 들쥐처럼 변해버렸잖아. 인간 곁에 있는 무엇이든 그것은 엄청난 진화의 속도를 지니게 되지. 바로 인간과 그 주변의 사물들이 끊임없이 DNA를 주고받으면서 진화의 상호작용이 일어나기 때문이야.

아무튼 인간이 의자에 앉기 시작하자 모든 게 달라지기 시작했어. 너무 편했거든. 의자를 향한 무한한 집착과 의존이 시작된 거지. 아마 인류의 역사는 의자를 향한 끊임없는 열정의 역사라고 말해도 틀리지 않을 거야. 믿을 수 없다고? 믿거나 말거나 그건 네 맘대로 하세요. 그런다고 사실이 달라지진 않으니까. 의자 말고도 인간의 역사에서 중요한 계기들은 무수히 많았지. 이를 테면 농사를 짓기 시작했다거나, 문자를 발명하고 글을 쓰기 시작했다거나, 쇠를 녹여 칼을 만들었다거나 하는 것들 말이지. 뭐 더 그럴 듯한 것들도 없지 않아. 전기를 발명하고 만유인력을 알아내고 컴퓨터가 나오게 된 것 등등. 하지만 그 어떤 것도 의자의 역사와 비견될 수는 없는 일이지. 아니 그 모든 것은 의자와 관련되어 있어. 말하자면 인간의 역사는 의자의 역사 그 자체라고도 할 수 있지. 그깟 의자의 다리가 하나에서 네 개까지 진화했다는 사실을 말하는 게 아니야. 다리가 네 개건 다섯 개건, 등받이나 팔걸이가 있건 없건, 나무로 만들었건 쇠로 만들었건 아니면 가죽이든 헝겊이든 의자는 의자일 뿐이지. 그런 의자의 진화는 기껏해야 너처럼 털이 긴 놈, 짧은 놈, 다리가 긴 놈, 짧은 놈, 꼬리 달린 놈, 없는 놈, 귀 세운 놈, 처진 놈 등등 수백 가지로 진화한 개의 역사와 크게 다를 바가 없지. 아, 방금 내가 욕했나? 미안, 놈을 전부 개로 바꿀게.

인간들이 의자에 앉기 시작하자 인간의 역사가 전혀 다른 방향으로 진전되기 시작했어. 인간들은 한번 의자에 앉자 모든 걸 의자에 앉아서 하려고 하는 이상한 증세를 보이기 시작했고 그것은 거의 병적이었지. 그 결과 인간들 사이에서 그들 스스로도 예기치 못했던 복잡한 관계가 만들어졌고 유별난 행동 양식도 나타났어. 사람들은 의자에 앉아서 먹고, 의자에 앉아서 일하고, 의자에 앉아서 구경하고, 의자에 앉아서 달리고 싶어하게 된 거지. 당연히 의자들은 인간들이 의자에서 하기를 원하는 종류만큼 다양하게 만들어졌어. 세상에 의자가 얼마나 많은 줄 알아? 너희들 개는 얼마나 되지? 어디를 가나 개 천지인 거 같아도 전 세계의 개를 합쳐봐야 4억 마리 정도지. 의자와는 비교가 안 돼. 의자는 셀 수도 없지. 아니 그걸 세기 시작하는 순간에도 의자들은 계속 늘어나 지구가 멸망하는 날까지도 다 세지 못할 거야. 그럼에도 불구

하고 의자는 여전히 모자라. 영원히 모자랄 거야.

 아무리 채워도 모자란 의자의 세계. 그게 인간의 현재이자 미래지. 끊임없이 의자를 만들어도 여전히 의자는 모자라고, 그러므로 그 의자를 차지하기 위한 끝없는 싸움을 벌여야 하고. 그게 인간들의 운명이지. 의자를 향한 긴 투쟁의 역사는 인류가 지상에 남아 있는 한 계속될 거야.

 처음부터 그랬던 건 아니야. 처음엔 그저 작은 의자를 차지하려는 사소한 다툼이 일어났을 뿐이었지. 어느 날 사냥에서 돌아온 원시인들이 둘러앉아 고기를 뜯어먹고 있었어. 누군가 날카로운 돌칼로 가죽을 벗겨내고 내장을 들어내고 살코기를 토막내 불에 구웠지. 먹는 것에도 순서가 있었어. 처음 사슴을 발견하고 뒤쫓아 간 인간이 제일 먼저 먹었고 마지막으로 사슴의 심장을 꿰뚫은 인간이 그다음이었지. 사슴을 잡은 뒤에야 숨을 헐떡거리며 도착한 사람은 당연히 맨 나중이고. 가장 먼저 고기를 먹을 수 있던 사람에게는 다른 특권이 주어졌어. 바로 의자에 앉을 수 있게 한 거지. 뭐 의자라고 말할 수는 없었지만 그는 남들이 쭈그려앉아 허겁지겁 고기를 뜯을 때도 우아하게 의자에 앉아 모두를 내려다볼 수 있었지. 다른 사람들은 뼈에 남은 고기를 힘들게 뜯으면서 그를 부러운 듯 올려다보았지. 그 순간, 인간의 머릿속에는 이제까지 없었던 변화가 시작되었어. 생각의 바꿔치기라고나 할까? 가장 능숙한 사냥꾼이 의자에 앉지만, 의자에 앉은 사람이 가장 능숙한 사냥꾼이라는 것. 바로 사냥과 의자가 뒤바뀐 거지. 사람들이 앞다투어 사냥감을 쫓아다닐 때 그 머릿속에는 어서 빨리 고기를 먹고 싶다는 생각뿐이었을까? 처음엔 그랬을지 모르지만 나중엔 의자에 앉고 싶어서였지. 사물이란 그런 식으로 인간에게 작용하지. 부족민들의 부러운 시선을 한 몸에 받을 수 있는 그 자리를 탐내지 않으면 그는 사내도 아니었어. 바로 그가 족장이 되는 거지. 그리고 족장은 의자에 앉을 수 있는 유일한 사람이었지. 물론 다른 사람들도 어딘가에 앉아 있을 수는 있었어. 그건 나무 그루터기일 수도 있었고, 굴려온 돌이었을 수도 있지만 결코 의자라고는 불리지 못했지.

인간이든 동물이든 누구나 우두머리가 되고 싶어해. 그런 다툼은 어디에나 있고 그게 자연의 법칙이지. 하지만 의자를 차지하기 위해 다투는 동물은 없지. 인간은 엄청난 문명을 만들어냈다고 자부하지만 아직도 자리다툼이라는 말을 써. 바로 맨 처음 의자에 앉았던 그 순간의 기억은 아직도 지워지지 않았어. 부족 간의 전쟁이 일어났을 때도 가장 먼저 빼앗은 게 의자였지. 자리를 빼앗긴 족장은 항복의 표시로 의자 아래 무릎을 꿇어야 했어. 어느 순간 의자는 단순히 엉덩이를 받치는 물건이 아니라 권위의 상징이 된 거야. 상징이 뭐냐고? 생각의 바꿔치기. 더 정확히 말하면 인간의 생각을 사물이 빼앗아오는 거지. 전쟁의 승리가 의자를 갖게 하는 것이 아니라 의자를 차지하기 위해 전쟁에서 이겨야 하는 것. 하지만 인간의 역사가 그저 자리를 뺏고 뺏기는 걸로 점철되지는 않아. 빼앗은 자리를 나누어주어야 했고 거기엔 또 순서가 있었지. 가장 먼저 고기를 먹는 사람이 정해지듯이 싸움에서 공을 세운 순서대로 가장 높은 의자에서 가장 낮은 의자까지 앉을 수 있었지. 그걸 인간들은 계급이라고 불러. 옛날이야기가 아냐. 지금도 달라진 건 하나도 없지. 회사라는 델 가보면 말이야. 아, 회사가 뭐냐면, 음, 사냥을 벌이기 위해 모여 있는, 부족 마을 같은 거라고 생각하면 돼. 회사에는 가장 힘없는 말단인 대리에서 우두머리인 사장까지의 계급이 있는데 그들을 구분하는 건 딱 하나. 어떤 의자에 앉는가 하는 거지. 아래 계급이 위의 계급보다 크고 좋은 의자에 앉는 경우는 절대 없어. 만일 그런 일이 일어나면 회사는 뒤집어지지. 그리고 회사에 가는 사람들은 더 크고 좋은 의자를 차지하기 위해 사냥감을 찾아다니려고 혈안이 되어 있지. 인간 사회의 모든 부족들과 모든 사냥터에서 의자의 서열이 달라지는 경우는 이제까지 단 한 번도 없었어.

마침내 인간사회는 의자에 앉을 수 있는 사람들과 의자에 앉을 수 없는 사람들로 구분되기 시작했지. 의자에 앉을 수 있는 사람들은 의자에 앉아서 일하는 직업을 가졌어. 의자에 앉을 수 없는 사람들은 서거나 뛰거나 걷거나 기어서 하는 직업을 가졌지. 그리고 그것으로 계급이 나뉘었어. 나중에는 그들이 입는 옷 색깔도 달라졌지. 의자에 앉을 수 있는 사람들은 하얀색, 그렇지 않은 사람들은 파란색. 물론 여기에도 많은 계급들이 있어. 당연히 크고 높은 의자에 앉아 있을수록, 그리고 의자에 앉더라도 움직이

지 않을수록 높은 계급이지. 계급은 중요해. 배분되는 고기의 양
이 달라지거든. 고기뿐이 아니라 모든 게 달라지지. 하지만 사람
들은 결코 고기를 고기라고 말하지 않아. 의자라고 말하지. 더 많
은 고기를 갖고 싶다고 말할 때는 더 높은 의자에 앉고 싶어라고
말하지. 높은 의자에 앉기 위해서라면 사람들은 물불 가리지 않
았어.

인간들은 태어나자마자 의자에 앉아 있을 사람이 되기 위해 노
력하지. 아이가 걸음마를 떼기 시작하면 아이를 의자에 묶어두기
시작해. 걷지도 뛰지도 못하게 의자에 묶어놓고 앉아 있는 연습
을 시키지. 앉아 있는 연습을 위해 마련된 곳을 학교라고 하는데
그 연습은 무려 이십 년 동안이나 계속되지. 정말 이상하고 이해
가 되지 않는 일이지만 그렇다고 이십 년이 지난 뒤 모두 다 의자
에 앉아 있을 수 있는 건 아냐. 좋은 의자에 앉을 수 있는 자는 소
수에 불과하지. 대부분 그럭저럭 비록 남루하더라도 의자를 차지
하게 되긴 하지만 그마저 없는 사람들은 들판을, 아니 거리를 떠
돌며 방황을 해. 그러다 몇 명은 모여서 의자에 앉게 해달라고 데
모를 하지. 물론 의자에 앉을 수 있다고 모든 게 끝난 건 아냐. 그
다음부터는 더 크고 높은 의자에 앉기 위한 대장정이 시작되는 거
지, 죽을 때까지. 왜 그러냐고? 나도 몰라. 그런데 인간들도 왜
그래야 하는지 아는 것 같지는 않아. 인간들의 표현을 빌리자면,
그게 인생이래.

이런 일들이 도대체 어떻게 해서 일어나게 되었을까? 모든 게
다 의자 때문이라고 말하고 싶겠지? 그럴 수 있어. 의자 때문인
거 맞아. 아니 의자는 잘못 없지. 다 그 '앉아서'의 문제라고 할
수 있어. 인간이 앉아서 무언가 하려는 집착은 거의 모든 것에 걸
쳐 있지. 앉아서 일하고 먹고 마시고 떠들고 하는 것뿐 아니라 앉

아서 가고 앉아서 뛰고 앉아서 여행하고. 인간은 걷거나 뛰는 것
조차 차츰 잊어버렸지. 아니 뛰거나 걷는 행위는 의자에 앉지 못
하는 계급이 하는 행동이기 때문에 경멸하는 거지. 물론 뛰어다
니는 걸 전문적인 직업으로 가진 자들도 있어. 남들 앞에서 뛰는
걸 보여주는 굴욕적인 일을 담당하는 인간들은 그런 일을 하는 대
신 엄청난 돈을 벌지. 그들을 스포츠맨이라고 불러. 아직 두 발로
걷는 짐승인 인간들이 더이상 뛰는 일이 없게 되자 남들보고 뛰
라고 시키고는 그걸 보면서 옛날 생각을 하는 거지. 인간들은 뛰
어다니는 구경거리가 있다면 어디든 몰려가지만 자신은 절대 뛰
려고 하지 않아. 뛰기는커녕 서 있으려고도 안 해. 당연히 그들은
의자에 앉아서 구경을 하지. 그곳을 경기장이라고도 하고 극장
이라고도 하는데 의자들로 가득한 곳이야. 구경이 끝나면 집으로
돌아가는데 물론 앉아서 가지. 의자에 바퀴를 달고 거기에 기계
장치를 달아서 움직일 수 있도록 한 걸 자동차라고 불러. 의자의

다른 이름이기도 하지. 자동차와 의자는 다르다고? 천만에! 자동차가 어떻게 생기게 된 줄 알아? 자동차의 역사는 유구한 의자의 역사 중에서 변방의 역사에 불과해. 의자가 모든 사물의 우두머리를 차지한 이후부터 자동차의 역사는 시작되었지.

그리 오래지 않은 옛날, 높고 아름다운 의자에 앉아 있던 사람들은 의자에서 내려오고 싶지 않았어. 아니 자신이 의자에서 내려오면 누군가 그 자리를 차지할까봐 전전긍긍했지. 걸어다니는 걸 두려워했던 지체 높은 사람들은 어디를 가고 싶어도 갈 수가 없었어. 그래서 자리를 옮길 때마다 아랫사람들에게 자기 의자를 통째로 들어서 옮기도록 했어. 정말 치사한 인간들이지. 멀쩡한 자기의 다리를 놔두고 다른 사람의 다리를 제 다리처럼 부려먹는 거잖아. 하긴 그러고 싶어서 높은 자리를 차지한 거니까 더 말할 필요도 없지. 아무튼 그걸 가마라고 불렀어. 하지만 움직일 때마다 들썩거리는 가마는 멀미가 났지. 그래서 의자 밑에 바퀴를 달아 그걸 끌고 가도록 했지. 그런데 사람들이 사람을 끌고 가는 건 한계가 있어. 느려터진 거지. 아무리 날랜 사람이라고 해도 의자 위에 사람을 태우고 개처럼 빨리 달릴 수는 없잖아. 그래서 개보다 더 빠르고 오래 달릴 수 있는 말에게 그 일을 시켰어. 그걸 마차라고 부르고. 하지만 의자에 탄 사람의 욕심은 끝이 없어. 달리는 말조차 성에 차지 않은 거였지. 그래서 말보다 더 튼튼한 심장을 단 기계를 달아맸어. 그게 바로 자동차라는 거고. 그러니까 자동차는 앉아서 달릴 수 있는 의자라고 할 수 있어. 이것으로 끝이 아니야. 비행기니 기차니 하는 것들도 다 의자에 앉아서 하늘을 날고 여행을 하기 위해서 만들어진 거지. 만일 어떤 사람보고 서서 비행기를 타라고 하면 탈 것 같아? 서서 기차를 타라고 하면 탈 것 같아? 아! 타긴 하네. 하지만 그런 사람들은 어차피 의자에 앉을 수 없는 계급일 뿐이지. 아무튼 그게 무엇이든 의자가 있는데도 서서 있어야 하는 사람들은 분명 어떤 의미에서건 낙오자들일 뿐이야.

한번 의자에 앉기 시작한 이후 인간들은 의자 주변에 모든 걸 배치하기 시작했어. 인간이 발명하고 발견한 모든 물질과 인간의 과학과 문명이 만들어낸 모든 것을 의자와 결합시키거나 주위에 가져다놓는 거지. 물론 어떻게 하면 앉아서 모든 것을 할 수 있을까 하는 가장 근본적인 물음에 답하기 위해서였어. 그러면서 인간에게는 이제까지 보지 못했던 놀라운 변화가 일어났지. 그 변화는 인류가 시작되고 의자가 발견된 이후 천천히 그리고 꾸준히 있어왔지만 최근의 변화는 인간을 전혀 다른 종으로 만들어놓기 시작했어. 그 결과 인간을 인간 스스로 의자의 노예로 만들어버린 거지. 놀랍지 않아? 인간 스스로 사물의 노예가 되는 것. 그건 말하자면 아! 이런 말을 해도 되는지 모르겠지만, 인간에 대한 의자의 승리라고 말할 수 있어. 참으로 감격스러운 순간을 맞이하게 된 거지.

장 그노스 박사는 이렇게 말했지. "개는 의자의 진화 속도를 따라잡지 못했다. 개가 수백 가지의 변종으로 진화한 반면 의자는 수천수만 가지로 진화했다. 의자는 이제 가지 않는 곳이 없다. 반면에 개는 갈 수 있는 곳이 거의 없다. 의자의 완벽한 승리다." 완벽한 승리! 개에 대한 완벽한 승리? 겨우 그걸 가지고 승리라고 말하는 건가? 수만 년 의자의 역사가 도착해야 할 귀결점이 결국 개에 대한 승리라고? 그걸 내가 원했을 것 같아? 그래 아주 오래전 한때 너를 부러워하고 너와 인간과의 관계를 시샘했다는 건 인정해. 그건 엄연한 역사적 사실이니까. 하지만 그렇다고 이 의자가 개를 뛰어넘기 위한 진화의 계보를 걸어왔다고 착각하지는

말았으면 좋겠어. 의자의 역사는 그런 하찮은 승리에 기뻐할 만
큼 지질하지 않아. 어쩌면 이제까지 의자의 역사는 그랬는지도
몰라. 하지만 지금부터 쓰일 의자의 역사는 인류의 새로운 역사
를 만드는 전혀 다른 역사가 될 거야. 지금 이 시점에서 중요한
것은 그런 조짐이 도처에서 나타나고 있다는 사실이지. 인간이
그 자리에서 물러나 의자에게 모든 것을 내맡기는 그런 조짐들 말
이야. 무슨 말인지 도저히 감히 잡히지 않을 거야. 예를 들어 설
명해줄게. 인간이 그토록 좋아하는 자동차에서 일어나는 일을 말
해줄까? 자동차는 현재까지 의자가 도달할 수 있는 진화의 정점
에 있다고 할 수 있으니까. 그 예가 적절할 거야.

　너도 자동차에 타본 적이 있지만 자동차에서 가장 중요한 건 두말할 것도 없이 의자야. 사람들은 엔진이니 동력전달장치니 디자인이니 스타일이니, 전혀 동떨어진 이야기를 하지. 의자에다가 이것저것 뜯어다 붙인 게 자동차라는 사실을 잊고 있는 거지. 핵심을 빼고 말하는 것. 그게 인간들의 오래된 버릇이긴 하지만…… 의자가 없는 자동차를 생각해봐. 아마 아무도 거들떠도 보지 않을걸. 아무튼 자동차는 네발 대신 두 발로 걸어다녀야 했던 인간의 콤플렉스를 해결해주었지. 인간들은 두 다리가 위태롭다는 것을 누구보다 더 잘 알고 있어. 대부분의 자동차가 네 바퀴를 다는 건 그 때문이지. 자동차를 타면서 인간은 완벽한 존재가 되었어. 두 발로 걷는 한계를 뛰어넘어 개보다 빠르게 달릴 수 있고 게다가 앉아서 할 수 있는 모든 것을 할 수 있었으니까. 앉아서 가고, 앉아서 먹고, 앉아서 구경하고, 앉아서 여행하고, 앉아서 섹스하는 것 모두가 자동차에서는 가능하지. 이제까지 이보다 더 완벽한 의자는 없었지. 자동차에 그토록 집착하는 인간들이 이해가 가. 그런데 그 완전한 의자 위에 앉아 있는 인간에게 바로 그 일이 일어나기 시작했어. 참으로 나 의자로서도 도저히 예측하지 못했던 현상이지. 그건 바로 인간의 신체와 두뇌가 차츰 마비되는 전조를 보이기 시작했다는 거야.

인간의 몸이 굳기 시작한 건 오래전부터라고 할 수 있어. 의자가 발견된 이후 도진 사물 의존증이 수천 년을 거치면서 조금씩 인간의 신체적 기능을 퇴화시켜왔다는 건 알고 있겠지. 들판을 뛰어다니던 인간들이 정착하자 처음엔 다리가 가늘어졌고 농사짓던 일조차 버리자 허리는 근육 대신 지방으로 채워졌지. 그 대신 손을 많이 쓰고 덩달아 머리를 굴리면서 인간의 두뇌는 점점 커지는 것처럼 보였어. 인간의 지능은 점점 높아졌고 그 두뇌로 정말 많은 사물들을 만들어냈지. 그런데 아주 최근부터 뭔가 조짐이 이상해지기 시작했어. 인간의 두뇌에서 만들어진 물건들 대부분은 손과 머리를 쓰지 않기 위한 것으로 발전한 거지. 어찌 된 일인지 손과 머리를 쓰지 않는 물건을 만들수록 사람들은 열광하고 그걸 만든 사람들은 엄청난 돈을 벌기 시작했지. 급기야는 인간의 두뇌를 대체하기 위한 기계를 만들어냈고 그걸 의자에 붙여놓으면서 이제 정말 아무것도 하지 않는 인간들을 무수히 만들어낸 거지. 그 결과 바로 내가 인간에 대한 의자의 승리라고 말하는 그런 사태까지 이르게 된 거야.

자동차를 타면 의자가 있어. 아주 편안하고 푹신한 의자는 이제 자동으로 인간의 신체에 맞게 높이며 등받이 각도가 조절되지. 인간의 몸에 딱 달라붙어 한 몸이 되는 거야. 그건 마치 그 언젠가 영화에서 본 외계생물체와 같다고 할 수 있어. 그 영화 제목이 뭐더라. 마치 가오리같이 생긴 외계인이 인간의 등짝에 달라붙어 꼬리처럼 생긴 촉수를 인간의 뒷머리에 꽂고는 인간을 숙주로 이용해 행동하고 말하도록 조종하는 그 영화 말이야. 한번 결합된 인간과 외계생물체는 인간이 죽기 전까지는 떨어지지 않아. 그 가오리는 끈적끈적하고 보기 흉한 모습이지만 의자는 푹신하고 우아하지. 게다가 몸속의 전기 혈류 덕에 따뜻한 기운이 돌고 있어서 인간과 체온을 나누기도 해. 인간은 의자에 포근하게 감싸여 시동을 걸고 핸들을 돌려 차를 움직이지. 이제 인간은 가고 싶은 곳 어디에나 갈 수 있어. 자신의 의지대로. 하지만 이제 더이상 자신의 의지는 필요 없어. 인간이 움직일 수 있는 근육이 최소화된 것처럼, 생각하고 판단하고 예측하고 결정하는 두뇌의 기능마저 최소화되지. 의자의 건너편 앞쪽에 촉수 역할을 하는 화면이 달려 있기 때문이야. 그걸 내비게이션이라고 하는데 끔찍한 쇳소리를 내는 외계인의 목소리가 아니라 상큼하고 발랄한 아가씨의 목소리를 내지. 그리고 부드럽고 섹시한 아가씨가 말하는 순간부터 인간의 몸과 두뇌는 그 아가씨의 명령과 지시에 따라 움직이게 돼. 마치 인간의 등짝에 달라붙은 그 외계 생물체가 지시하는 것처럼 말이지. 눈으로 교감하는 신경계의 역할은 최소한의 지시에 대한 응답과 최소한의 신체적 반응으로 축소돼. 거리에 대한 판단, 경험과 기억의 환기, 주변상황에 대한 예측 등등 모든 두뇌의 기능이 마비된 채 자신의 의지와는 관계없이 움직이는 숙주의 행동을 보이게 되지. 인간이 움직일 수 있는 거라곤 움직임이 최소화된 눈과 팔과 한쪽 다리뿐이야. 아! 이게 얼마나 무시무시하고 끔찍한 일인지 인간은 상상도 못 해. 차에서 내리면 뭐에 홀렸다가 깨어난 듯 비틀비틀거리는 모습은 정말 애처롭기 짝이 없어. 그런데도 인간은 누구나 아무 생각 없이 손끝 하나 움직이지 않는 자동차를 갖지 못해 안달하지.

아! 이런 생각들이 나의 착각이었으면 좋겠어. 어쩌면 내가 쓸데없는 상상을 하고 있는 것인지도 몰라. 제발 그랬으면 좋겠어. 인간에 대한 의자의 승리를 말했다고 내가 정말 그러기를 바라는 것은 아니야. 왜냐하면 나 역시 그렇게 무한한 진화의 절차를 감당할 수 있는 게 아니거든. 네가 그렇게 아무 생각 없이 그저 개로 있기를 원하는 것처럼 나 역시 그저 의자로만 남아 있고 싶은 생각이 왜 없겠어. 하지만 그런 나의 바람대로 모든 게 이루지는 게 아니라는 걸 받아들일 수밖에. 그게 오늘날 나의 모습이지. 너도 내가 마냥 기뻐하고 있지는 않다는 걸 알 거야. 처음부터 나는 이런 진화의 역사를 어느 정도는 예견하고 있었어. 물질에 대한 인간의 집착과 사물에 대한 의존 증세가 지나치다는 걸 알고 있었지. 그건 나에게도 나쁜 일은 아니었어. 하지만 움직임도 없고 생각도 없는 인간들도 끔찍할 뿐더러 인간 없는 사물들 역시 생각만 해도 쓸쓸해. 그런 사물들의 우두머리로 살아가야 하는 내가 마냥 즐거울 수는 없는 일이지.

인간은 드디어 인간이 그토록 오랫동안 꿈꾸어왔던 미래에 도달했는지도 몰라. 나와는 다른, 너와 같은 생명의 한계를 극복하기 위한 마지막 절차를 밟고 있는 것인지도 모르지. 죽음을 영원한 삶으로 바꿔놓으려는 진화의 마지막 단계 말이야. 분명 인간은 지금 그곳을 향하고 있어. 그토록 물질에 집착했던 이유는 바로 그것이었어. 유한한 신체의 세계를 영원한 물질의 세계로 대체하는 것. 컴퓨터니 로봇이니 인공지능이니 하는 것들이 바로 인간의 한계를 물질을 통해 넘어서려는 거지. 그리고 미래를 인간 대신 인간의 생각을 담은 물질이 지배하도록 하는 것. 그것이 인간이 영원히 존재할 수 있는 유일한 방법이라는 것을 알고 있었던 거야. 물론 인간들이 이런 일들이 벌어질 줄을 미리 다 알고 있다고 말할 근거는 없어. 어떻게 하다보니 여기까지 오게 된 거라고 말하는 게 더 사실에 가깝지. 그리고 그 과정에서 결정적인 역할을 담당했던 나 의자로서는 이제 슬프게도 인간에 대한 승리를 말할 수 있게 된 거고. 옛날 생각 나는군, 처음 인간이 나를 발견했을 때. 그때 나는……"

그때, 밖에서 틱틱틱 하고 잠금장치를 해제하는 소리가 들렸고 곧이어 현관문에서 열렸다. 의자는 말을 멈추었고 개는 재빨리 일어나 몸을 돌려 문 쪽으로 뛰어갔다. 꼬리를 흔들면서……

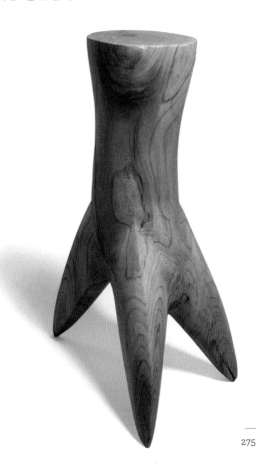

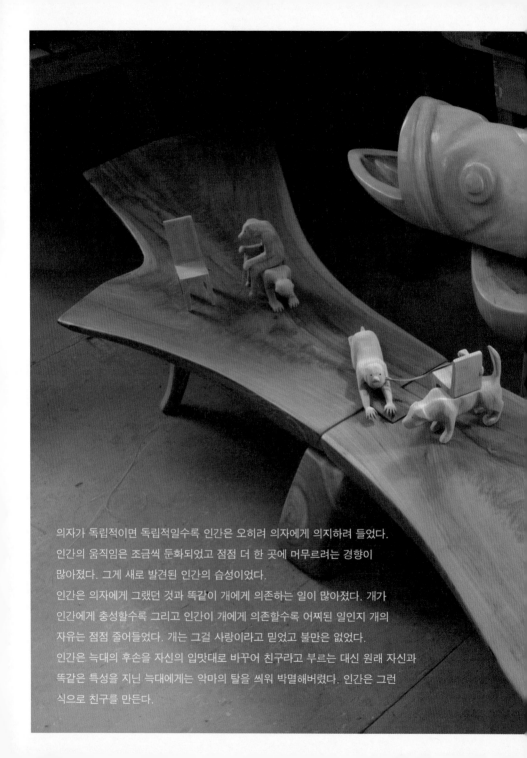

의자가 독립적이면 독립적일수록 인간은 오히려 의자에게 의지하려 들었다.
인간의 움직임은 조금씩 둔화되었고 점점 더 한 곳에 머무르려는 경향이
많아졌다. 그게 새로 발견된 인간의 습성이었다.
인간은 의자에게 그랬던 것과 똑같이 개에게 의존하는 일이 많아졌다. 개가
인간에게 충성할수록 그리고 인간이 개에게 의존할수록 어쩐된 일인지 개의
자유는 점점 줄어들었다. 개는 그걸 사랑이라고 믿었고 불만은 없었다.
인간은 늑대의 후손을 자신의 입맛대로 바꾸어 친구라고 부르는 대신 원래 자신과
똑같은 특성을 지닌 늑대에게는 악마의 탈을 씌워 박멸해버렸다. 인간은 그런
식으로 친구를 만든다.

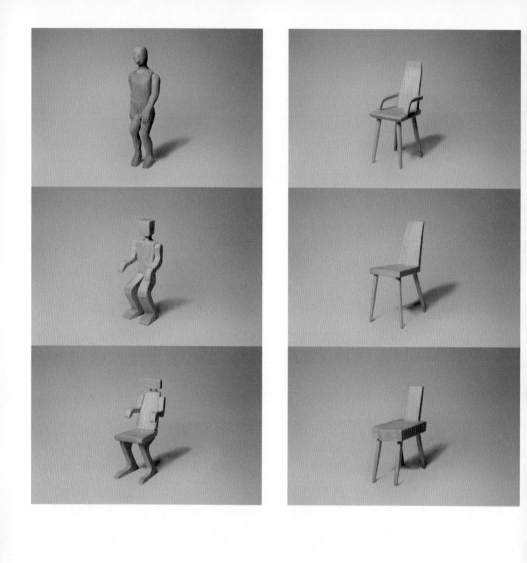

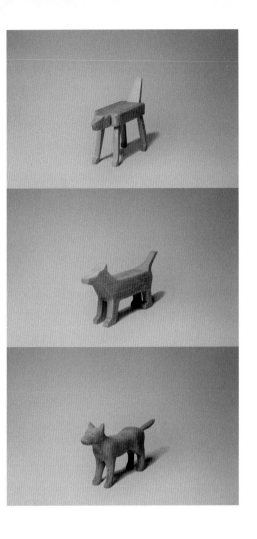

다리가 네 개가 되자 의자는 비로소 개와 비슷해진 자신의 모습을 자랑스럽게 생각했다. 개는 네발 달린 친구가 바로 옆에 있다는 것을 알고 기뻐했다. 그 후로 개는 의자의 다리 밑에서 노는 걸 좋아했고 의자는 기꺼이 다리 사이를 개에게 내주었다. 의자는 개처럼 네발을 갖게 되었으나 머리도 없고 꼬리도 없었다. 그건 결정적이었다. 머리는 없어도 좋았다. 어차피 개의 머리도 그렇게 쓸모 있는 것처럼 보이지 않았으니까. 의자에게 꼬리가 생긴 건 인간에게도 많은 변화를 가져다주었다. 인간은 의자의 꼬리를 등받이라고 불렀지만 이름은 아무래도 좋았다.

개, 의자에게 말하다

현관문이 닫히고 자동 잠금장치가 삐릭 하는 소리를 내며 걸리자 개는 좌우로 흔들던 꼬리를 멈추었다. 고개를 숙이고 천천히 거실 복판으로 걸어와 방금 주인이 앉았던 의자 앞에 멈추어 선다. 개는 의자를 향해 말하기 시작했다.

"주인님은 가셨어. 이제 너와 내가 남았군. 너의 빈자리는 언제나 쓸쓸해 보여. 미안, 너를 흉내내려는 건 아니야. 언제나처럼 빈집에 하루종일 있다보면 정말 심심해. 네가 있어 다행이야. 그렇다고 달라지는 건 없지만. 네가 나 때문에 그렇게 괴로워하는지 몰랐어. 알잖아? 내가 아무 생각 없이 사는 거. 네 말이 맞아. 나는 그저 매일 밥알만 세는 멍청이일 뿐이지. 그렇다고 내가 어떻게 할 수 있는 건 없잖아? 네가 말했지. 너와 나는 비슷한 운명에 있다고. 그 말 많이 생각해보았지만 나로서는 그 말이 무슨 뜻인지 알 수가 없어. 그리고 네가 한 말 중에서 알아들을 수 있는게 별로 없다는 걸 알았지. 그렇다고 이제 새삼스럽게 아! 나는참 바보처럼 살았구나 하는 생각이 드는 것도 아니야. 나는 네가왜 그런 말을 하는지 그리고 내가 왜 그런 말을 들어야 하는지 알수 없어. 그건 아마 내가 그런 생각을 하지 않도록 태어났기 때문일 거야. 가끔 마당 앞에서 집 안을 기웃거리던 고양이가 나를 보고 한심하다는 듯이 눈을 흘기고 지나갈 때조차 나는 왜 그 점박이 얼룩 고양이의 표정이 그래야 하는지 알 수 없었어. 누구나 자신의 삶의 영역이 있고 그 안에서 세상을 바라보며 사는 거잖아? 그런데 왜 서로 다른 세상을 향해 냉소와 경멸의 시선을 던지는지 모르겠어. 그저 다를 뿐인데 말이지.

네 이야기를 듣고 난 뒤 꿈을 꾸었어. 그건 말하자면 악몽이었어. 뭐 심각한 건 아니고 그저 하루를 찜찜하게 보낼 정도의 그런 가벼운 악몽. 너는 꿈을 꾼 적 없지? 그럴 거야. 잘 모르겠지만 아마 머리에 물렁물렁한 뇌가 있는 동물만이 가지고 있는 이상한 세상이지. 인간들은 꿈 이야기를 자주해. 가끔 공원에 산책 나갈 때마다 주인님이 나에게 해주는 이야기이기도 하지. 꿈을 꾸었는데 말이야, 캄캄한 하늘에서 갑자기 눈이 쏟아졌는데 너무 투명해서 푸른빛이 나는 눈, 그게 내려와 점점 솜이불처럼 쌓이는데 나중에 온 세상에 가득 차버렸고 숨 막혀 죽는 줄 알았어. 그러다 깼는데 이게 무슨 꿈이지? 개꿈인가? 그런 이야기를 나에게 들려주곤 하지. 꿈 이야기는 말이 안 되는 게 태반이야. 그런데도 사람들은 열심히 꿈 이야기를 하는데, 왜 그런지는 알 수 없어. 그러니까 꿈은 세상에 있지도 않고 있을 수도 없는 일 중 가장 터무니없는 일들이라고 생각하면 돼. 하지만 어떤 꿈들은 너무나 생생해서 마치 눈앞에 놓여 있는 고깃덩어리처럼 실감이 나지. 그리고 꿈이라고 모두 그렇게 터무니없지는 않아. 어젯밤 꿈이 그랬어.

침침한 방이었던 거 같아. 창문도 없는 방은 전등불 하나 없었는데 어디선가 새어나오는 빛으로 방의 윤곽들만 어른거리는 방이었지. 하긴 뭐가 있지도 않았어. 그저 회색 페인트가 여기저기 벗겨진 벽과 삐걱거리는 마루가 전부였지. 어디선가 매캐한 연기 냄새가 조금씩 새어나오는 방 안의 공기는 눅눅했지. 검은 곰팡이 냄새가 나고 거기에 오래된 콘크리트가 썩어가는 냄새와 마루 위에 날리는 먼지 냄새가 뒤섞여 있었어. 그리고 그 방 안 어디에서 나는지 알 수 없는, 희미하지만 그럴수록 더욱 또렷이 느낄 수 있는, 죽음의 냄새가 났어. 나는 의자에 앉아 있었고 내 머리에는 검은 천이 씌워져 있었어. 방이 그렇게 어두워 보였던 건 그 때문이었지. 나는 두 다리를 늘어뜨리고, 발은 바닥에 닿지 않았지만, 두 앞발은 앞으로 모으고 의자의 등받이에 등을 기대고 앉아 있었어. 내가 어떻게 그런 자세로 의자 위에 앉아 있을 수 있는지 나도 신기했지. 아, 그래 네가 말했던 그 '앉아서'의 자세를 취하고 있었던 거지. 내 목에는 목줄이 걸려 있었는데, 나는 처음엔 그게 그냥 목줄인 줄 알았어. 조금 묵직했을 뿐 느낌은 비슷했거든. 그런데 그건 아주 굵은 밧줄이었지. 삼으로 꼬아 만든, 굵고 단단한 매듭이 지어진 밧줄이 길게 머리 위로 늘어져 있었지. 그때서야 나는 모든 상황을 이해했어. 나는 교수대에 앉아 있었던 거야. 사형집행을 기다리고 있었던 거야. 그걸 알게 된 순간 머릿속이 하얘지면서 아무 생각도 할 수 없었어. 도대체 내가 왜? 무슨 이유로? 내가 뭘 어쨌기에? 무수한 의문이 스치고 지나갔지만 내가 알 수 있는 건 없었지. 그와 동시에 나는 그게 꿈이라는 걸 알았지. 그렇게 터무니없는 상황을 만들어낼 수 있는 건 꿈밖에는 없

을 거거든. 하지만 그렇다고 그 상황이 이해가 된 것도 아니고 심장이 쪼그라드는 긴장과 불안이 없어지는 것도 아니었어. 꿈이라는 걸 알면서도, 이제 막 사형이 집행되려는 찰나에 도무지 빠져나올 수 없다는 절박함은 사라지지 않았지. 다른 때 같았으면 나는 펄쩍 뛰어올라 도망치려고 발버둥을 쳤을 거야. 하지만 몸은 발끝 하나 움직일 수 없었어. 온몸이 마비된 것처럼 굳어버렸는데 그럼에도 모든 감각들은 날카롭게 살아 있었어. 겨우 귀만 쫑긋거릴 수 있을 뿐이었는데 그때, 발아래 마룻바닥이 삐걱거리는 소리가 들렸고 의자가 살짝 움직이는 듯했어. 이제 막 일이 벌어질 순간이었어. 아마 마룻바닥이 열리고 동시에 의자가 밑으로 와당탕 소리를 내며 떨어지겠지. 내 몸은 아래로 곤두박질치려다 갑자기 멈춰서는 허공에 매달리게 되는 거지. 밧줄은 순간적으로 목을 조여올 것이고 내가 버틸 수 있는 시간은 기껏 1분? 2분? 아니 3분? 그만큼밖에 주어져 있지 않았지. 그런데 마룻바닥이 움찔거린 그 순간부터는 마치 시간이 정지된 것 같은, 영원이라는 게 있다면 바로 이런 걸 말하는 거구나 하는 그런 시간들이었어. 그때 문득 뭔가를 해야 한다는 생각이 들었어. 아니 거기서 벗어나거나 도망쳐야 한다는 생각이 아니라, 그게 불가능하다는 건 이미 알았으니까, 뭔가를 말해야 한다는 생각이 들었던 거지. 아주 태연하게 마치 무한히 주어진 시간 속에, 아니 적어도 나에게 남겨진 시간 동안 누군가에게 그 순간을 말해주고 사라지는 그런 순간을 가지고 싶었던 거야. 그때 나는 간단한 편지를 쓰기로 했지. 너에게. 왜 너였는지는 몰라. 주인님이라면 모를까. 너는, 미안한 말이지만, 너에게는 내가 해야 할 말이 있다고 생각하지 않았으니까. 네가 너와 나의 그 가깝지만 미워할 수밖에 없는 관계에 대해서 말할 때도 나는 그 말을 그저 흘려들었지. 나에게 너는 그저 집 안에 있는 사물의 하나일 뿐이었어. 너의 말은 너의 말일 뿐이었지. 누구든 자신의 신세를 한탄할 수도 있고 누군가에게 투정을 부릴 수도 있으며 자신을 드러내 자존으로 가꿀 권리가 있지. 네가 그랬던 것처럼 말이야. 그런데 그런 순간이 나에게도 온 거지. 마지막으로 말을 하게 된 게 왜 너에게였는지는 말 안 해도 알 거야. 그건 바로 너 때문이지. 네가 날 선택했으니까. 너는 너와 아무 관련도 없는 나를 너의 세상으로 끌어들이려고 했어. 운명이니 관계니 하면서 말이지. 그리고 내가 아니라 너에 대해서만 말했지. 하긴 세상의 모든 관계들이란 그런 식으로 이루어지는 거지.

그 짧은 순간, 이런 말을 했던 것 같아…… "그래, 결국 여기까지 오게 된 거야. 비록 개 같은 삶이었지만 개로서 충분했다고 할 수 있지. 마지막으로 의자, 너에게 앉아 잠깐이라도 쉴 수 있다는 거 다행이라고 말할 수는 없지만 나쁘지 않아. 너와 내가 얼마나 비슷한 길을 걸어왔는지에 대해 네가 말했지. 하지만 그 말이 의미 있는 순간은 내가 살아 있는 동안뿐이지. 살아 있었다면 죽을 수도 있다는 걸 나 역시 한 번도 생각해본 적이 없어. 너도 마찬가지일 거야. 그런데 이제는 알게 되었어. 너와 나는 마지막에 이렇게 달라질 운명이라는 것을. 이제 나에겐 마지막 절차가 남아 있어. 나로서도 도저히 감당할 수 없는 일이 될 거야. 이제 마룻바닥이 열리고 네가 저 아래 지하실로 굴러떨어지는 동안 나는 허공에 매달려 너와 나의 달라진 운명을 생각하게 되겠지. 그리고 내가 다시 이곳으로 돌아오는 일은 없을 거야. 결코 되돌릴 수 없는 순간을 살아가는 게 나의 운명이라는 거지. 너는 아니지. 어차피 너는 누군가를 위해 저 밑으로 굴러떨어지더라도 결국 이 자리로 되돌아올 수 있을 테니까. 너와 나 우리는 그렇게 다른 거지.

그러니 부탁인데 아주 잠깐이라도 나를 위해 눈물을 흘려줄 수 없을까? 아니 나를 위해서가 아니라 살아 있는 모든 것을 위해서 말이지. 다행인 것은 내가 마지막 고통을 느끼는 순간 나는 영원히 고통을 잊게 되리라는 점이지. 그러고 보면 내가 지금 여기 앉아 있게 된 이유를 이제는 알 것 같아. 누군가를 위해 살았다면 누군가를 위해 죽어야 한다는 것. 그걸 감당할 수 없다면 영원히 고통을 감내해야 한다는 것. 그렇지만 지금 네가 부럽지 않다면 거짓말이지. 그러니 제발 나를 위해 눈물을 흘려줘……”

그때 달그락거리는 소리가 나더니 마룻바닥이 쫙 갈라져 내려앉았고 그 순간 나는 소스라치게 놀라 꿈에서 깨었지.

도대체 내가 왜 그렇게 터무니없는 꿈을 꾸게 되었는지 알 수가 없어. 네 식대로 말하면 꿈이란 머릿속 기억의 회로들이 잠자는

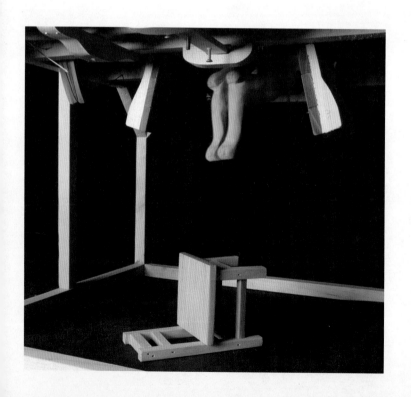

동안 제멋대로 엉키면서 일어나는 작용일 뿐이지. 통제되지 않는 신경회로들의 화학적인 혹은 전기적인 반응들이 일으키는 불완전한 기억의 파편들일 뿐이야. 하지만 인간들은 이걸 무의식의 작용이라고도 말해. 의도하지 않았지만 잠재되어 있는 생각이라는 거지. 그러고 보면 네 말이 맞는 것 같아. 내가 그 꿈을 꾸게 된 것은 아마 마지막 순간일지언정 인간과 닮고 싶은, 인간들의 세상에서 벌어지는 이해할 수 없는 일들 중의 하나라도 나의 것으로 만들고 싶어했던 내 무의식이 작용했다고도 할 수 있지. 게다가 며칠 전 네가 한 말들도 있었으니까 그게 자연스럽게 머릿속에서 뒤엉킨 거겠지.

그런데 말이지. 이 도무지 말도 안 되고 모든 게 뒤죽박죽인 것처럼 보이는 꿈이 인간의 모든 걸 지배한다는 거 알아? 인간들은 그걸 상상이라고도 하고 미래라고도 하고 희망이라고도 하지. 그 미래란 묘하게도 어젯밤 꾼 꿈을 닮았어. 둘 다 예측할 수 없고 막연하다는 점에서 말이지. 인간이 꿈이란 말을 이쪽저쪽에서 다 쓰는 이유이기도 해. 그리고 인간이 꿈을 실현하기 위해 살아간다는 거 알고는 있어? 너는 나와 인간이 다른 게 네발로 걷는가 두 발로 걷는가 하는 걸로 설명했지. 그럴 수 있어. 그리고 손을 쓰는 거, 그리고 '앉아서'의 문제를 말했어. 맞아. 내가 앉아보니까, 꿈에서였지만 말이야, 의자에 앉는 게 아무나 할 수 있는 건 아니었지. 게다가 나는 꼬리를 어디에 두었는지 도무지 생각이 나지도 않아. 인간과 내가 다르다면 그건 네 말대로 '앉아서'의 문제일 거야. 하지만 너는 인간들이 손을 써야 한다면 왜 그래야 하는지에 대해 말하지 않았어. 그렇다고 내가 거기에 대해 뭔가 대단히 잘 알고 있다는 말을 하는 건 아냐. 그것에 관해서라면 나도 별로 할 말은 없으니까. 하지만 그건 알지. 인간들은 내일을 위해 오늘을 비축하는 동물이고 대부분 그건 손을 통해서 이루어진다는 거지. 그 내일이란 아직 살지 않은 날들을 말해. 그 날들은 아무도 알 수 없지. 어쩌면 존재할지 존재하지 않을지도 알 수 없어. 그 불확실하고 불안정한 미래를 위해 오늘을 살아가는 게 인간이거든. 인간들의 세계가 그렇게 자주 뒤죽박죽이 되는 것은 아마 미래에 대한 불안 때문일 거야. 어쩌면 불확실한 미래를 조금 더 정교하게 준비하기 위해 두 손이 필요했고 그래서 그토록 집요하게 앉아 있으려는 것인지도 몰라.

그렇다고 인간이 만들어내는 게 모두 훌륭하게 이루어지는 건 아니지. 책상 위의 세계에 대해서 말했던가? 그 위는 내가 알고 있는 세계의 수십만 배의 일들이 벌어지는 곳이라고 너는 말했지. 그런데 아무리 책상 위의 세계가 정교하게 이루어진다고 해도 그것으로 불확실한 미래를 준비할 수 있기는커녕 현재를 살아가기도 벅차. 하긴 네 말대로 나는 거기에 관해 정말 아는 게 없어. 그런 내가 무슨 말을 할 수 있겠어.

나로 말하자면 그래, 책상 위는 몰라도 책상 아래의 세계에 대해서는 좀 안다고 할 수 있지. 세상의 온갖 사물들과 인간이 흘린 먼지 입자들과 거기서 뿜어나오는 냄새들로 가득한 곳 말이지. 그 어느 곳이든 가장 낮은 곳은 세상의 모든 지식과 정보가 쌓이는 곳이야. 어쩌면 책상 위에서 벌어지는 일들의 대부분도 결국은 밑으로 떨어져 바닥에 깔리지 않을까? 책상 아래 떨어지는 먼지들의 냄새만으로 위에서 일어나는 일들을 대충은 짐작할 수 있어. 주인님이 집에 있을 때 주인님은 하루종일 책상에서 책을 읽거나 컴퓨터를 두드리며 뭔가를 써내려가지. 그때 나는 책상 아래, 주인님의 발끝에 엎드려 그 소리를 듣고 있어. 타닥거리는 키보드 소리로 오늘 주인의 일이 얼마나 진척되어가는지, 기분이

얼마나 좋은지, 글 내용이 심각한 건지, 가벼운 건지쯤은 짐작할
수 있지. 가끔 밑으로 떨어지는 담뱃재를 보고 마감에 쫓기는지
아니면 느긋하게 글을 쓰는지도 알 수 있어. 주인이 외출하고 돌
아올 때면 나는 꼬리를 흔들며 주인에게 달려가지. 그리고 어디
를 가서 누구를 만났는지를 확인하지. 어떻게 아냐고? 그건 어려
운 일이 아니지. 어제 주인은 외출을 하고 돌아왔어. 주인의 바지
에 붙어 있는 자동차 시트의 냄새, 허벅지 위쪽에서 나는 핸드크
림 얼룩 냄새, 와이셔츠 윗주머니에서 나는, 오늘 받은 게 틀림없
는 새 명함의 냄새, 소매 끝에 묻어 있는 봉골레 스파게티의 얼룩
에 섞여 있는 커피향. 양말에 묻어 있는 흙먼지 흔적, 그리고 셔
츠에 배어 있는 향수 냄새와 머리칼에 섞인 샴푸 향. 그리고 앞섶
에 묻은 익숙한 타액의 흔적. 주인은 적어도 세 군데를 돌아다녔
을 거야. 아마 제일 먼저 간 곳은 출판사였을 테고 거기서 새로

부임한 편집 디자이너와 인사를 주고받았지. 그 디자이너는 집에서 암코양이를 기르는 처녀일 거야. 그리고 나서 이태리 식당에서 가서 점심을 먹었어. 오늘 회의의 내용은 썩 기분좋은 게 아니었을 거야. 평소보다 담배 냄새가 많이 났지. 그리고 머리를 식힐 겸 차를 몰고 한강으로 가 강변을 산책했어. 흙냄새 속에 물비린내가 약간 났거든. 그리고 그 예쁘장한 아줌마에게 전화를 걸었지. 모르긴 몰라도 그녀의 집으로 갔을 거야. 약간의 위안이 필요했을지 몰라. 오늘은 밖에서 만나고 싶지 않았지. 그 집의 비누 냄새가 손에 배어 있었어. 아줌마하고 뭐했는지는 말 안 해도 알 거야. 그래서 주인은 기분이 다시 좋아졌어. 같이 저녁을 먹을까 하다가 그날 마저 하기로 한 일 때문에 서둘러 집으로 오게 된 거지. 알고 있었어? 책상 아래의 세계는 이렇게 이루어져. 이곳은 모든 게 먼지가 되어 가라앉고 약간의 바람에도 입자들이 흩어지는, 어둡고 더럽지만 나만이 알고 있는 감각의 제국이지. 세상의 모든 정보와 지식들은 결국 이곳으로 모이지. 내가 동네 한 바퀴를 천천히 제대로 돌 수 있다면, 바닥에 코를 대고 말이지, 적어도 일주일 동안 이 동네에서 일어난 주요 일들을 너에게 말해줄 수 있어. 뭐 그게 별다른 사건들도 아니지만 말이야.

그런데 이건 말이지. 내가 잘났다고 말하는 것도 아니고 네가 책상 위의 세계에 대해서 말한 것처럼 인간이 뛰어나다고 말하는 것도 아니야. 그저 주어진 세계만큼을 바라보고 그걸 자신의 세계로 끌어들일 수 있는 능력이 누구에게나 있다는 뜻이지. 물론 의자 너 역시 마찬가지지. 하지만 너는 나와 달라. 적어도 너는 느낌과 감각이라는 영역에 대해서는 단 한마디도 할 수 없잖아? 그건 바로 너와 내가 다르다는 걸 말해주는 가장 중요한 지점이지. 그러니 네가 말하는 의자의 역사와 미래는 너의 영역에서

만 존재하는 세계의 역사일 뿐이지. 그게 나의 세계라거나 인간의 세계라고는 말할 수 없다는 거야. 알아들어?

너와 나는 지금 한 가지 놓치고 있는 게 있어. 내가 감각의 세계를 말하든 네가 사물의 세계에 대해서 말하든 그건 세계의 부분일 뿐이지. 그렇다고 인간들의 세계가 그 모든 것을 아우르는, 우리가 알 수 없는 대단한 세계라고 말할 수는 없어. 우리가 알지 못한다고 해서 더 위대하다고 말할 수 없다는 거지. 그들 역시 그저 우리와 다를 뿐이지. 책상 위의 세계도 그래. 네 말대로 인간은 앉아서 모든 걸 해결하려고 해. 그리고 앉아 있는 인간들이 권력을 쥐고 있지. 인간들은 의자에 앉아서 책상 위의 세계를 만들고 그걸 통해서 누군가를 지배하려고 하지. '앉아서'의 문제는 사회적이고 정치적이고 문화적이며 그래서 인간적인 문제인 것은 틀림없어. 하지만 '앉아서'의 문제가 그렇게 단순하게 신체적인 변화와 두뇌의 마비 증세로만 오는 건 아니야. 물론 그런 측면이

없지 않아. 인간들은 정말 어리석게도 '앉아서'를 고집하는 바람에 많은 걸 망치고 있지. 앉아서 할 수 있는 것을 제외한 모든 것에 대한 감각을 상실한 것 말이지. 그리고 그럴수록 책상 위의 세계에 집착하게 되고 결국은 책상 위의 세계만으로 세상을 바라보려는 어리석음에 빠져버렸지.

인간들은 무한한 지식을 책상 위에 쌓아놓았어. 물론 처음부터 그럴 수 있었던 건 아니야. 숲속을 돌아다니면서 먹을 걸 찾고 사슴을 먼저 차지하기 위해 늑대들과 싸울 때 그런 건 있지도 않았어. 그때 인간들의 지식이란, 지식이라고 말할 수 있다면 말이야, 늑대를 기준으로 조금 더하거나 덜한 정도. 그럴 거야. 그건 우열을 비교할 수 있는 게 아니었지. 늑대들도 그건 알고 있어. 잡아서 가지고 노는 생쥐가 늑대보다 힘이 모자란 건 틀림없지. 그렇다고 생쥐가 늑대보다 모자란 놈이라고는 생각하지 않아. 눈 오는 겨울, 굴을 파고 들어가 집을 만들고 집을 연결해 지하의 세계를 만들고 거기서 따뜻한 겨울을 아무 탈 없이 보내는 생쥐들의 능력은 먹을 걸 찾아 차가운 눈밭을 헤매는 늑대들로서는 상상할 수 없는 일이지. 내 말은 지상에 살아 있는 모든 생물이 우열로 구분되는 건 아니라는 말이야. 그런데 그런 질서가 깨지기 시작한 건 인간들로부터였지. 그건 바로 네 식대로 말하자면 '앉아서'의 문제 때문이라고도 할 수 있어. 인간들이 달리거나 서서 돌아다닐 때는 다른 동물과 다를 게 없었지. 그들도 똑같이 자신보다 힘이 약한 짐승을 쫓아다니고 더 힘센 놈들에게서 도망쳐야 했지. 하지만 인간들이 다른 게 하나 있긴 했어. 아니 처음부터 달랐던 건 아니고 달라지기 시작한 게 있었지. 그건 생각한다는 거였어. 인간들은 사냥에 실패해 메머드에 쫓기면서도 생각을 하지. 어디로 도망가면 살 수 있을까를 생각해. 그건 매머드들의 그 커다란

2

두뇌를 읽는 능력이었어. 인간들의 두뇌에는 과거를 기억하는 능력이 있어. 하지만 이 기억의 능력은 다른 동물들과 달랐어. 물론 인간들보다 더 오래된 과거를 기억하는 동물들은 많아. 바닷속을 다니는 고래는 어릴 때 기억한 장소를 찾아 수백 킬로미터를 갈 수 있어. 이런 기억들은 고래의 몸속에 저장되어 있지. 그걸 장 그노스는 자연의 지식이라고 불렀어. 다른 사람들은 본능이라고 말하지. 살아 있는 모든 생물은 그런 오래된 지식을 가지고 있어. **거기에 살아가면서 얻은 기억을 더해 살아남는 거지. 그런데 인간들은 살아가면서 얻은 기억을 저장하는 방법을 찾아냈지. 물질 속에 감춰놓을 수 있다는 걸 안 거야.**

바로 손을 쓰면서 그걸 발견하게 된 거지. 그때부터 인간의 역사가 시작된 거야. 나무를 엮어 집을 만들고 흙을 주물러 그릇을 만들면 기억은 저절로 만들어지지. 머릿속이 아니라 그 집과 그릇과 물건을 보면 거기에 기억이 담겨 있다는 걸 알아낸 거지. 인간들은 자신의 머릿속에 그 물건들이 다 들어 있다고 생각하지만 그건 사실과 달라. 기억은 바로 물질 속에 묻어 있는 것이지. 그런 기억을 경험의 지식이라고 말하지. 인간들은 사물을 보고 기억하고 판단하는 데 능숙해졌어. 그리고 인간이 사물을 더 많이 만들수록 경험의 지식이 그만큼 많아진 거지. 다른 동물들? 물론 그들도 경험의 지식을 가지고 있어. 하지만 인간만큼은 아니지. 그건 그들이 만들어낸 물건이 인간들보다 훨씬 적다는 것에서도 알 수 있지. 그 뒤로 인간들이 왜 사물에 그토록 집착하게 되었는지 알 수 있을 거야. 그리고 사물에 집착하면 할수록 더 많은 물건을 만들어내고 그럴수록 손을 더 많이 쓰게 되고 그럴수록 더 많이 앉아 있어야 한다는 걸 알게 된 거지. 그리고 마침내 앉아서 할 수 있는 가장 손쉽고, 경험의 지식을 더 많이 가질 수 있는 방법을 만들어냈지. 그건 바로 문자라는 거였어. 문자라는 건 별 게 아니야. 인간의 작은 머릿속에 담을 수 없는 경험을 물질에 새겨넣는 것일 뿐이지. 요즘 식으로 말하면 본체 바깥에 있는 외장하드를 가지게 된 거야. 그리고 그 외장하드가 무한히 늘어나면서 바로 책상 위의 세계가 만들어지기 시작한 거지. 네가 말했지? 책상 위의 세계는 내가 겪은 일들의 수만 아니 수십억 가지보다 더 많은 일들이 일어나는 곳이라고. 그것을 알지 못하면 인간에 대해서 알고 있다고 말할 수 없다고. 맞아. 그 세계를 알지 못하면 인간에 대해서 아는 건 없다고 할 수 있을 거야. 하지만 그게 전부는 아니지. 네가 말했지만 인간의 모든 문제는 그 세계에서 시작되고 그 세계에서 끝나는 것처럼 보여. 인간은 책상 위의 세계를 지식의 세계라고 부르지. 그리고 인간들이 앉아서 손을 써서 기록해놓은 그 지식만을 지식이라고 부르기 시작했어. 다른 건, 아까 말했던 자연의 지식이나 경험의 지식은 끼워주지 않았어. 열등한 지식으로 부르기 시작한 거지. 그저 본능이라거나 생태라거나 아니면 그저 경험이나 체험이라고 부를 뿐 지식이라는 말을 쏙 빼버렸지. 그러면서 그동안 인간이 지니고 있던 자연의 지식이나 경험의 지식을 하나씩 내다버리기 시작했어. 지식의 우열이 생기기 시작한 거였지. 그 뒤로 인간이 늑대를 보는 시선이 달라진 거야. 늑대뿐 아니라 인간을 제외한 모든 자연과 사물을 열등한 존재로 보기 시작한 거지. 그런데 그게 인간들의 착각이거나 오만에서 비롯된 우월감일 뿐이라면 그저 불쌍한 인간들의 문제였겠지. 하지만 그렇지 않았어. 그 뒤로 자연과 생물과 물질들의 착취와 수모의 역사가 시작된 거지.

그렇다고 인간이 정말 우월한 존재로 남게 되었을까? 그렇지는 않을 거야. 인간은 달라진 게 없었지. 너는 인간과 개가 너무 비슷하다고 했지? 서로 만나면 좋아 죽다가 어느 순간 으르렁거리며 싸우는 것도 그렇고, 먹을 거라도 생기면 물불 안 가리고 달려가는 것도 그렇고, 기분이 좋을 때 경중거리며 뛰어다니는 것도 그렇고, 혼자 있으면 안절부절 도저히 견디지 못하는 것도 그렇고, 그렇다고 여럿이 있으면 편을 갈라 서로 잡아먹지 못해 안달하는 것도 그렇다고 말이야. 뭔가 좀 이상하지 않아? 그토록 많은 걸 이루어놓은 인간이 개와 다를 바 없다는 건 너와 나의 착각일 뿐일까? 인간은 위대해. 하지만 딱 여기까지일 뿐이야. 네가 말한 대로 의자에 집착해 자리다툼이 끊이지 않는 현상은 처음 의자가 생긴 이후 달라진 게 없지. 그동안 인간이 쌓아놓은 엄청난 지식에 비춰보면 정말 이상한 일 아냐? 그러니 그 책상 위의 세계를 가지고 인간을 말할 수는 없을 것 같아. 아니 어쩌면 그 책상 위의 세계 때문에 인간이 더 이상 새로운 세계로 나아가지 못하는 것 같기도 해. 네가 말했던 대로 인간이 의자 아니 자동차에서 벌이는 이상한 행동 양식은 바로 그 책상 위에서 벌어지는 일들과 관계가 있을 것 같아. 처음부터 다시 생각해보면 이런 결론을 얻을 수 있어. 그 책상 위의 세계는 물질과 가장 멀리 떨어져 있는 곳이지만 사실은 물질로부터 한걸음도 떨어져 있지 못하는 인간의 한계를 보여주는 것이라고 말이야. 인간의 사물 의존증은 바로 그곳에서 시작되었다고 말이야.

인간은 정말 달라진 게 없어. 처음 늑대의 품에서 나를 빼앗아 왔을 때부터 지금까지 인간은 모든 걸 자기 중심적으로 생각했지. 그리고 수만 년이 지난 지금까지도 달라진 건 없어. 네가 인간에 대한 의자의 승리를 말하는 건 틀리지 않을 수 있어. 하지만 인간은 처음부터 너와 나를 능가한 적은 없었어. 그렇다고 너와 내가 인간보다 더 우월하다고 말하려는 건 아니야. 세상의 모든 것을 우열의 기준으로 늘어놓으려는 게 인간의 지식이지만 그런 방식을 우리가 따를 이유는 없지, 안 그래? 네가 말했지. 인간은 드디어 인간이 그토록 오랫동안 꿈꾸어왔던 미래에 도달했는지도 모른다고. 미래를 인간 대신 인간의 생각을 담은 물질이 지배하도록 하는 것. 그것이 인간이 영원히 존재할 수 있는 유일한 방법이라는 것을 알고 있었던 거라고 네가 말했지. 하지만 그게 인간의 비극이라는 걸 누군가는 말해줘야 하지 않겠어?

내가 처음 너에게 꿈 이야길 했지. 머리에 물렁물렁한 뇌가 있는 동물만이 가지고 있는 이상한 세상에 대해서 말이야. 인간이 오랫동안 꿈꾸어왔던 미래는 아직 오지 않았어. 아니 이렇게 말할 수 있어. 인간은 미래를 꿈꾼 적이 없었다고 말이지. 그들은 결국 손에 잡히는 미래를 좇아 그들이 지니고 있는 열등한 본능의 지식에 따라 움직였을 뿐이지. 그들이 꿈꾸는 미래가 물질로 가득한 세계일 거라고는 믿을 수 없어. 인간이 물질을 통해 영원히 존재할 수 있기를 바라왔다고는 믿을 수 없어. 그건 꿈이 아니지. 인간들 식으로 말하면 개꿈에 불과해. 어쩌면 인간들은 꿈조차 물질로 점령되었는지도 모르지. 그렇다면 그건 꿈이라고 말할 수 없어. 그런 꿈을 꿀 수 있는 존재가 있다면 너와 같은 의자일 뿐이지. 네가 인간에 대해서 승리를 꿈꾸는 방식으로 인간들이 자신의 미래에 대해서 꿈을 꾼다면 인간들이란 정말이지 의자와 다를 바 없는 존재들이지. 그렇지는 않을 거라고 믿어. 그렇지는 않을 거라고……

그때, 현관문이 열리는 소리가 들렸다. 개는 이야기를 멈추었
고 재빨리 일어나 몸을 돌려 문 쪽으로 뛰어갔다. 꼬리를 흔들면
서……

찾아보기

악몽 → p.12

60×47×56cm
단풍나무 물푸레나무 기타
2009

술 마시는 노인 → p.18

40×32×56cm
단풍나무
2010

책의 바다에 빠져들다 → p.26

57×41×70cm
홍송 단풍나무
2010

책과 책벌레 → p.36

85×35×50cm
단풍나무 물푸레나무
2011

꽃을 만들다 → p.40

20×26×105cm
은행나무 물푸레나무 단풍나무
2010

책잠에 빠진 아이 → p.44

42×34×54cm
단풍나무
2010

거미 등에 올라타기 → p.52

54×65×40cm
단풍나무 방킬라이
2010

비밀의 집 → p.59

53×71×94cm
단풍나무 합판
2010

폭주족 → p.68

130×38×62cm
단풍나무 마코레 샌드페이퍼
2010

지구에서 살아남기 → p.76

107×40×50cm
느티나무 낙엽송 단풍나무
브레이크 드럼
2011

허무하게 사라진 그녀

→ p.82

18×52×62cm
단풍나무
2012

페트롤리우무스의 전설

→ p.87

115×55×200cm
느릅나무 단풍나무
2011

머리가 무거운 새 → p.96

174×45×107cm
단풍나무 포클레인 발톱 기타
2010

세상 밖 한 걸음 → p.103

76×76×80cm
단풍나무 홍송
2011

스탬프 찍는 사람 → p.107

70×65×94cm
은행나무 단풍나무 마코레 기타
2012

성질 급한 메뚜기 병사들

→ p.114

132×24×77cm
단풍나무 마코레 흑단
2012

달에 갈 시간 → p.122

71×55×100cm
단풍나무 낙엽송 기타
2010

아내의 꿈 → p.129

82×88×77cm
단풍나무 홍송
2011

나비꿈 → p.140

100×57×71cm
홍송 단풍나무
2010

오이씨 아이 → p.143

35×28×63cm
편백나무 단풍나무
2012

어미와 새끼 → p.144

60×35×65cm
단풍나무 마티카
2010

움직이는 손 → p.146

| 43×48×95cm |
| 단풍나무 철사 낚싯줄 기타 |
| 2012 |

토끼와 개 → p.148

| 95×39×75cm |
| 오리나무 단풍나무 |
| 2010 |

조는 아이 → p.150

| 61×40×45cm |
| 은행나무 홍송 |
| 2012 |

작 은
이 야 기

유령거미가 사는 마을 → p.157

| 90×100×30cm |
| 단풍나무 |
| 2012 |

똑같다 → p.158

| (사람) 13×7×21cm |
| (벌레) 14×10×10cm |
| 흑단 단풍나무 |
| 2003 |

별똥별 → p.160

| 35×35×20cm |
| 참나무 |
| 2003 |

치즈를 훔쳐먹은 쥐 → p.161

| 18×14×22cm |
| 마코레 |
| 2003 |

삽새 → p.163

| 64×24×32cm |
| 삽 철근 |
| 2003 |

사이보그 아이 → p.167

21×21×37cm
오크 단풍나무
2003

두뇌 교체 → p.168

50×25×50cm
단풍나무 물푸레나무
2012

나의 친구 → p.171

45×34×19.5cm
단풍나무
2003

악몽이었을까 → p.173

65×16×27cm
물푸레나무 단풍나무
2003

번개를 잡은 아이 → p.174

50×20×43cm
단풍나무 물푸레나무
2003

짐을 잔뜩 진 노새 → p.176

33×9×18cm
흑단 단풍나무
2003

하늘에 갇힌 새 → p.177

58×43×16cm
단풍나무
2003

항복 → p.179

67×17×7.5cm
단풍나무
2003

생각이 자라는 바위 → p.183

56×25×26cm
물푸레나무 단풍나무
2003

도시를 나는 여인 → p.184

30×30×40cm
물푸레나무 피나무
2003

전기 메기 → p.187

(메기) 64×54×8cm
(아이) 20×12×34cm
단풍나무 느티나무
2002

당랑거책 → p.188

31×19×30cm
박달나무 철사 나사
2002

갑오징어와 물고기 → p.191

73×16×8cm
쪽동백나무
2003

민달팽이 → p.192

52cm
향나무
2003

마어 → p.195

(마어) 18×13×40cm 단풍나무
(인어) 45×50×13cm 은행나무
(마어) 2002 (인어) 2012

무시무시한 것 → p.196

38×9.5×23cm
단풍나무
2003

죽음과 악수하기 → p.199

28×11×64cm
함석 철사
2003

그리고 숨은 이야기

골기 → p.206

44×42×104cm
잣나무
2007

늙은 수리 → p.209

82×130×118cm
낙엽송
2012

물고기에 매달린 여인 → p.210

120×27×cm
느티나무 은행나무
2011

꼬리 긴 새 → p.212

80×11×32cm
느티나무
2011

책벌레 → p.212

100×65×30cm
물푸레나무 단풍나무
2002

항해 → p.213

46×16×74cm
단풍나무
2004

기타 만드는 사람들 → p.217

98×33×23cm
단풍나무
2011

바람 부는 섬 → p.218

82×35×40cm
단풍나무 은행나무
2012

바보새 → p.220

94×30×93cm
파이프 포클레인 발톱
2006

입 큰 물고기 → p.221

111×20×24cm
은행나무
2006

우주모선 → p.221

40×13×13cm
기계부품
2003

바닷가 나무토막 → p.222

27×13×15cm
모르는 나무 단풍나무
2011

고집 센 염소 → p.224

87×39×68cm
느티나무
2012

두루미 → p.226

73×26×81cm
옛 소나무 해머
2003

흔들리는 새 → p.227

98×65×99cm
소나무
2010

알을 품은 새 → p.228

| 120×24×66cm |
| 층층나무 은행나무 |
| 2008 |

아르마딜로 → p.232

| 120×33×42cm |
| 콘크리트핀 포클레인 발톱 파종기 |
| 2009 |

땡중 → p.235

| 23×11×37cm |
| 톱 다리미판 기타 |
| 2012 |

로봇 아이 → p.237

| 55×12×97 |
| 알루미늄 스테인리스 스틸 |
| 2012 |

번데기 우주모함 → p.239

| 58×31×103cm |
| 단풍나무 애쉬 |
| 2012 |

쇠붙이 → p.240

| 97×50×59cm |
| 공수부품 브레이크 드럼 기타 |
| 2011 |

알을 낳은 새 → p.242

| 78×24×37cm |
| 도끼날 파이프 깎귀 니퍼 |
| 2002 |

개 와 의 자 이 야 기

통나무 의자 → p.248

| 35×35×108cm |
| 잣나무 |
| 2009 |

강아지 1 → p.251

20×26×32cm
은행나무
2011

강아지 2 → p.251

50×21×15cm
은행나무
2011

두 다리 의자 → p.252

45×70×103cm
느티나무
2011

꼬리 긴 의자 → p.255

30×44×115cm
느티나무
2011

장미나무 의자 → p.256

75×70×82cm
장미목
2002

작은 의자 → p.257

30×45×65cm
느티나무
2011

개와 의자와 인간 1
→ p.259

34×10×18cm
단풍나무
2012

개와 의자와 인간 2
→ p.260

28×16×14cm
단풍나무
2012

개와 의자와 인간 3
→ p.263

35×17×12cm
단풍나무
2012

개가 되고 싶은 의자, 혹은 의자가 되고 싶은 개
→ p.267

65×29×81cm
느티나무
2012

꼬리 달린 의자 → p.270

30×78×81cm
느티나무
2002

자유로운 포즈를 위한 의자
→ p.273

39×92×69cm
느티나무
2011

좌대 → p.275

| 36×50×77cm |
| 느티나무 |
| 2011 |

개와 의자의 진화 1~9 → p.278

| 각 높이 14~26cm |
| 단풍나무 |
| 2011 |

순한 개 → p.283

| 95×20×51cm |
| 편백나무 은행나무 물푸레나무 |
| 2011 |

개의 초상 → p.284

| 27×25×49cm |
| 은행나무 |
| 2011 |

교수대의 개 → p.287

| 50×42×73cm |
| 단풍나무 |
| 2012 |

사나운 개 → p.291

| 76×23×45cm |
| 소나무 |
| 2003 |

허리 긴 개 → p.293

| 182×31×66cm |
| 홍송 |
| 2012 |

홀쭉한 개 → p.295

| 104×17×47cm |
| 월넛 |
| 2011 |

이야기를 만드는 기계

© 김진송 2012

초판 1쇄 발행 : 2012년 12월 5일
초판 2쇄 발행 : 2013년 6월 24일

지은이 : 김진송

펴낸이 : 강병선
편집인 : 김민정

편집 : 김필균 강윤정 김형균
디자인 : 이기준

마케팅 : 신정민 서유경 정소영 강병주
온라인 마케팅 : 김희숙 김상만 이원주 한수진
제작 : 서동관 김애진 김동욱 임현식
제작처 : 영신사(인쇄) 가인(제본)

펴낸곳 : (주)문학동네
출판등록 : 1993년 10월 22일
제406-2003-000045호
임프린트 : 난다

주소 : 413-756 경기도 파주시 문발동 파주출판도시 513-8
전자우편 : blackinana@hanmail.net / 트위터 : @nandabook
문의전화 : 031-955-2656(편집) 031-955-8890(마케팅) 031-955-8855(팩스)
문학동네카페 : http://cafe.naver.com/mhdn

ISBN : 978-89-546-1991-2 03810

이 책의 국립중앙도서관 출판시도서목록(CIP)은 e-CIP 홈페이지(www.nl.go.kr/cip)에서
이용하실 수 있습니다.(CIP 제어번호 : CIP2012005491)

www.munhak.com